UNDEFEATED BAHAMUT CHRONICLE
最弱無敗の神装機竜《バハムート》
20

「あなたが王になるというのなら——
私たち全員を迎えなさい」

「――ええっ!?」
困惑するルクスと少女たちの前で、
クルルシファーがある提案を告げた。

「――これからは、わたしがお前を支えてやる」
そっと、目の前のリーシャの身体を、ルクスは抱き寄せる。

「――リーシャ、様？」

神装機竜《バハムート》の高機動力を生かし、
相手の策を見抜いて狙い撃った。

「兄さんはそういうのは
慣れっこなんですよ。
『無《む》敗《はい》の最《さい》弱《じゃく》』
なんですから」

CONTENTS

UNDEFEATED
BAHAMUT
CHRONICLE

最弱無敗の神装機竜《バハムート》 20

明月千里

Character

ルクス・アーカディア

滅亡したアーカディア帝国の皇子、『黒き英雄』。
『無敗の最弱』と呼ばれる機竜使い。

リーズシャルテ・アティスマータ

アティスマータ新王国の王女。朱《あか》の戦姫《せんき》と呼ばれる。
神装機竜《ティアマト》の使い手。

フィルフィ・アイングラム

アイングラム財閥の次女。ルクスの幼馴染みで学園長の妹。
神装機竜《テュポーン》の使い手。

クルルシファー・エインフォルク

北の大国、ユミル教国からの留学生であるクラスメイト。
神装機竜《ファフニール》の使い手。

アイリ・アーカディア

旧帝国の皇族の生き残り。
一年生で、ルクスの実の妹。

セリスティア・ラルグリス

『騎士団《シヴァレス》』団長、学園最強の三年生。四大貴族の公爵家
令嬢で、神装機竜《リンドヴルム》の使い手。

切姫夜架

『帝国の凶刃』と呼ばれた暗殺者の少女。ルクスを主と
認め、仕えている。神装機竜《夜刀ノ神《ヤトノカミ》》の使い手。

フギル・アーカディア

『世界改変』完遂のために暗躍した「始まりの英雄」。
古代の森でルクスたちに破れ、その永き生涯を閉じる。

World

装甲機竜《ドラグライド》

遺跡から発掘された、古代兵器。
その中でも希少種であり、高い性能を持つものは、神装機竜と呼ばれる。
また、装甲機竜の使い手は、機竜使い《ドラグナイト》と呼ばれる。

遺跡《ルイン》

世界に七つ発見された古代遺跡。装甲機竜《ドラグライド》が発掘されたため、国力を左右する重要な存在として、各国間で縄張り争いが起きている。

幻神獣《アビス》

遺跡から現れる謎の幻獣。人類の脅威であり、機竜使いのみが対抗できる。

終焉神獣《ラグナレク》

ひとつの遺跡に対し一匹のみ存在するという、超常の力を秘めた七匹の幻神獣。

『黒き英雄』

正体不明の装甲機竜《ドラグライド》を使い、たった1機で帝国の装甲機竜の約 1200 機を倒したと言われる伝説の英雄。

アティスマータ新王国

リーズシャルテの父であるアティスマータ伯が、アーカディア帝国に対して行ったクーデターによって、五年前に建国された国。

アーカディア旧帝国

世界の五分の一を束ねていた大国。世界最強と謳《うた》われた、圧倒的な軍事力を背景に圧政を敷いていたが、クーデターによって滅ぼされた。

ルクスとアイリは、この帝国の皇族の生き残り。

七竜騎聖

年々高まる幻神獣の脅威に対抗し、世界協定に加盟した各国から選出された、代表の機竜使いたち。【大聖域】での最終決戦で敗北、瓦解している。

カバー・口絵　本文イラスト
村上ゆいち

Prologue　あの日の出来事

この国の――。

この世界の英雄の――英雄としての戦いはひとまず終わった。

だが、人として生きる以上、日常もまたひとつの戦いである。

そしてまだ、少女たちの恋という戦いの決着は、ここからが山場だった。

これはそんな後日談《ごじつだん》の物語。

†

「……よちよち、お利口《りこう》さんですね。ルノは」

「キャッ、キャッ」

春の城塞都市クロスフィード。

王立士官学園《アカデミー》の応接室にて、制服姿のアイリはソファーに腰かけたまま、銀髪《ぎんぱつ》の赤子《あかご》を抱き、あやしている。

その姿はごく自然で、差し込む穏やかな陽光とともに、安らいだ日常を演出している。

「もうすぐパパも帰ってきますからね。いい子にしてるんですよ」

「あうー」

アイリが優しく声をかけると、赤子も笑顔を見せる。

そうしているうちに、赤子が目を閉じて眠る姿を、アイリは微笑《ほほえ》みとともに見守る。

絵に描いたような小さな幸せが、そこにあった。

「あ、あの、アイリ……ええと、その」

それをドアの隙間《すきま》から見ていたノクトが、部屋に入るなりカタカタと真顔《まがお》のまま震えている。

対するアイリは目を丸くし、ビクッと身体を震わせた。

「ちょっ!? 脅かさないでください。赤ちゃんが起きてしまうでしょう?」

「いえ、ノックはしようとしたのですが、ショックで手が動かず……。いつの間にルクスさんの子を――」

ノクトは半目を逸《そ》らして、アイリを直視しないようにしつつ答える。

まるで見てはいけないものが目の前にあるかのように。

「ち・が・い・ま・す！　変な誤解しないでください！　エーリルさんが新王国領内の遺跡《ルイン》で見つけてきた、アーカディア一族の生き残りの子です。エーリルさんが迎えに来るまで、私が一時的に預かっているだけです！」

「――で、ですが、さっきパパとかなんとか」

「あれは言葉の綾《あや》です！　別に兄さんのことじゃありません！」

「そうでしたか……。では、誰のことなのでしょうか？」

「誰でもないです！　架空の父親です！」

「Yes. ……まあ、そういうことにしておきます」

「なに察したような顔でこっちを見てるんですか……？」

平静を取り戻したノクトの呟《つぶや》きにアイリが突っ込むと、その声に赤子が目覚めて泣き出してしまう。

慌《あわ》ててもう一度寝かしつけたあと、遺跡《ルイン》から見つかった赤子を女子寮の管理人に預けることにした。

†

再び、応接室のソファーにて。

「――ところで、私になんの用だったんですか？」

アイリは背筋を正して、こほんと咳払《せきばら》いする。

テーブルを挟んで向き合いつつ、ノクトが入れた紅茶をひとすすりした。

「今日はまだ、春休み中ですよ。久しぶりの休みじゃないですか」

「ええ――ですが、もうじき発表ですから」

「そうでしたね。あっという間です。私たちももうじき二年生ですね」

年明けにルクスとフギルの決戦があり、それに一応の始末《しまつ》がつき――。

しかし、大半の生徒と国民は、ラフィ女王が亡《な》くなった事実すら、数日前に知らされたばかりだ。

これから、新しい国家運営に先駆けての仕事が始まるため、ルクスは忙殺《ぼうさつ》され、あまり学園には出席できていなかった。

アイリもまた、そんな兄をサポートするために、いろいろと仕事を買って出た。

そう、ルクスが新王国の、新たな王になることについてだ。

城塞都市《クロスフィード》での学業と同時に、王としての仕事も兼任《けんむ》する。

といっても、あくまでも内政に関しては四大貴族のディスト卿《きょう》が行うことになっており、ルクスはほとんど名目上《めいもくじょう》の王に過ぎない。

それでも、リーシャひとりだけでは弱いとして、数々の功績を残した『英雄』であるルクスの名の力を借りた。

――が、名義貸しのようなものとはいえ、王ともなればそれなりに忙しい。

国民に発表するための下準備と、他国との折衝《せっしょう》や国内領主たちとの顔合わせと、仕事は盛りだくさんだ。

そしてなにより――『五回分の結婚式』を控えているのだ。

旧帝国は王族または領主などの貴族に限り一夫多妻制《いっぷたさい》であり、新王国に変わってからも一応はまだ、その形式を引き継いでいた。

だから、法律上なにも問題はないのだが――それでもルクスは抵抗を抱いていた。

しかし、ひと月前のクルルシファーの一言で、全てが変わったのだ。

†

「――それで、誰がルクス君の心を射止めるかの話だけれど」

フギルを倒し、決戦の舞台であった『古代の森《こだいのもり》』から、王城へ帰還して三日後。

一応の休養と治療を終えたばかりの『騎士団《シヴァレス》』の面々が一堂に会したそのとき、クルルシファーが唐突《とうとつ》に言い放ったのだ。

「……いきなりなにを言い出す気だお前は⁉　今はそれどころじゃないぞ。遺跡《ルイン》を封印し、新王国を立て直すための仕事がいくらでも――」

焦ったリーシャが抑え役に回るという珍《めずら》しい状況の中、困惑するルクスにクルルシファーは歩み寄った。

「今だからこそ言っているのよ。今までと、そしてこれからが何よりも重要になるときだからこそ——。ルクス君もそう思うでしょう？」

が、クルルシファーは退かない。

同席していたセリスも、三和音《トライアド》も、アイリも——普段は冷静な少女の提案を、驚きの表情で受け止めていた。

夜架《よるか》とフィルフィだけは、いつも通りの態度で成り行きを見守っていたが。

「えぇっと……。そう、だね。それも、決めないとね」

少し間を置いたあと、ルクスも頷《うなず》く。

まだ迷いのある、どこかもどかしげな口調だった。

しばらく前から少女たちは『協定』を作り、戦いが終わるまで、ルクスへの告白という行為を禁じた。

そして、《ウロボロス》の神装《しんそう》——《永劫回帰《エンドレス》》によって幾度《いくど》も繰り返されたパレードの三日間の中で、ルクスと四人の少女たちは結ばれた。

そのことを、この場の少女たちは思い出し、記憶している。

アイリや三和音《トライアド》も、話を聞いてその事実を共有していた。

「うん、わかってる。でも、一日だけ時間が欲しいんだ。誰を選ぶか、考える時間を——」

ルクスが深呼吸をひとつしてそう応えると、クルルシファーが顔を寄せて呟いた。

「ルクス君、その必要はないわ。いいえ、むしろ――ここから誰かを選ぶなんて、私たちが許さない。あなたが王になるというのなら――私たち全員を迎えなさい」

「――ええっ⁉」

困惑するルクスと少女たちの前で、クルルシファーがある提案を告げた。

「もちろん本音を言えば――私だって自分だけを見て欲しいけれど、ここまで来たらそうも言っていられなくなったわ」

クルルシファーはそううつむきつつ、しみじみと言葉を紡いだ。

「それに、ルクス君があのパレードで他の誰かを選んだというのなら、本当に辛《つら》いけれど諦《あきら》めはついたわ。でも――」

他ならぬ、ルクスの選択ならば、涙をのみながらも従っていただろうと。

だが、実際はパレードのループによって記憶の改竄《かいざん》が起こらなければ、全員に結ばれる可能性があった。

否《いな》、自分の恋が成就《じょうじゅ》し、結ばれた現実が存在していたのだ。

ただそれが、なかったことにされただけなのだ。

「もし、これからあなたに選ばれなかったら。あのとき、本当は結ばれていたのだと――。あなたと一緒になれていたはずなのにと。そんな思いを抱えながら生きていくなんて、我慢《がまん》できないのよ」

「クルルシファーさん」

切なげなクルルシファーの訴えに、ルクスだけでなく、その場の全員が押し黙った。

あのパレードで告白を受け、あるいは告白をしてルクスと結ばれた。

幸せな未来が実現していたことを知ってしまったからこそ。

それを思い出したからこそ、耐えられなかった。

同時にルクスには、責任が生じたのだ。

記憶が改竄されてしまったとはいえ、全員とつき合う選択をしてしまったことを。

長い沈黙。

その場の全員が悩み、考えたあと、リーシャがやがて嘆息《たんそく》をついた。

「――仕方がない。わたしも不本意だが、皆にルクスを貸し出してやるとしよう」

「リーシャ様⁉」

「それしかないだろ？　さもなければお前が誰を選んだとしてもカドが立つ。わたしは自分が選ばれることを確信しているが、世界改変のせいでこじれてしまった以上、仕方がない」

と、王女《おうじょ》らしい寛容《かんよう》さを示したが。

「何故《なぜ》、あなたは上から目線なのかしら？　パレードではルクス君に選ばれなかったくせに、まるで正妻《せいさい》のように」

「はあ⁉　わたしがルクスを国王に推薦《すいせん》せねば、立場上ルクスも他の連中を娶《めと》れないんだぞ！

わたしが正妻に決まってるだろ⁉」

などと、口げんかを始めるリーシャとクルルシファーを見て、アイリは呆《あき》れて肩を竦《すく》めた。

「兄さん。早くなんとかしてください。兄さんの女癖《おんなぐせ》のおかげで新王朝《しんおうちょう》が設立前から分裂危機ですよ。次期国王の務めを果たしてください」

「国王としての最初の仕事がこれなの⁉」

――と、冗談めかして言ってはいるが、アイリもルクスが国王となることに異を唱えなかった。

本来であれば、兄がゴタゴタに巻き込まれる状況は否定したいところだが――もはやそういう段階にないのも気づいていた。

何より、ルクス自身のためであるとわかっていたからだ。

「アイリ。大人になりましたね」

ふいに、隣《となり》の席からノクトが微笑みかけてくる。

「わけのわからないことを言わないでください」

「Yes. 失礼しました。それではひとつひとつ考えましょう。これからの私たちを」

そして、具体的な話し合いが始まった。

†

「あれには、いささか私も驚きました」

淡々と告げるノクトの隣で、アイリはジト目を作る。

「こっちは驚いたなんてものじゃないですよ。皆さん、人の兄さんをなんだと思っているんですか……」

「Yes. ルクスさん好きのアイリは不満だと思いますが――」

「関係ないです。常識的にものを言ってるんです。その、学生の身分で一年間国王を務めながら、五人と同時に結婚しようだなんて――」

クルルシファーの提案とは、ルクスが新王国の王となり、リーシャ、クルルシファー、セリス、フィルフィ、夜架の全員を娶ること。

もちろん、その場の全員が驚き、混乱に包まれたが――結局その意向をディスト卿に伝え、まとめることにした。

少女たちも同意し、五つの婚姻《こんいん》が実現することとなったのである。

Episode 1 学園最強の甘え合い（セリス編）

それから――、リーシャとの王都での結婚式を最後に控え、ひとりひとり順番に、妃《きさき》となる少女たち縁《ゆかり》の地へ向かうことになった。

ようは形式上の、国王となるルクスの親征《しんせい》である。

王の仕事がどのようなものかを、旧帝国の皇子《おうじ》でなくなったルクスが初めて体験するのだ。

まずは新王国領内の基盤固め。

婚約者となったセリスとともに、四大貴族のディストが治める西方領《せいほうりょう》へと出発する。

長距離の移動時間を短縮するため城下町に入るまでは装甲機竜《ドラグライド》を使い、メンバーもルクスとセリス、護衛として三和音《トライアド》のみという構成に決めた。

大きな戦いが一段落《いちだんらく》した今、もはやそこまでの護衛は必要ないとルクスは思ったが。

三和音《トライアド》のシャリスは諭《さと》すように言ってきた。

「二人きりでいたいのはわかるけど、平和ボケし過ぎだよルクス君。一見して全ての憂《うれ》いがなくなった。こういうときこそ間違いが起こるんだ。今まで陰に隠れていた者たちが、何をしでかすかわからない。そういったときこそ、警戒が必要だ」

軍の副司令官の娘である、シャリスの言い分はもっともだった。

一見して、今の新王国に不穏分子《ふおんぶんし》は見当たらない。

だが、人と人が共に暮らす以上——国家というものが存在する以上、王族として油断は禁物である。

なまじ、『洗礼《せんれい》』を受け肉体が強化され、強力な神装機竜《しんそうきりゅう》という武器を持つ身であるが故に、ルクスは無意識に気を抜いていたのかもしれない。

「ありがとう。じゃあ、三人には負担をかけちゃうかもしれないけど、護衛をお願いしてもいいかな」

「もっちろん。嫌って言ってもついてくよー」

「Yes. 承知いたしました、陛下」

ルクスが改めて三和音《トライアド》にお願いすると、ティルファーが明るく、ノクトは慇懃《いんぎん》に挨拶《あいさつ》する。

それを見たルクスは、少々苦笑した。

「そこまで畏《かしこ》まらなくても」

「いいや、この先は畏まるべきだろう。君もこれから——いえ、陛下もこれからは学生と同時に国王の仕事をされるのですから、形式は整えるべきです」

シャリスは真剣な眼差《まなざ》しで微笑《ほほえ》む。

その言い分に関しては、きっと彼女の方が正しいのだろう。

隣《となり》にいたセリスも頷《うなず》いた。

「なるほど、そうですね。ルクス。これから先は、人前では少し窮屈《きゅうくつ》になりそうですよ」

「――うん。仕方ないね」

ルクスがそう寂《さび》しげに微笑みつつ、背筋を正す。

「では、改めて命ずる。三和音《トライアド》よ、近衛《このえ》として我が旅に同行することを命ずる」

「はっ」

と、傅《かしず》いた三人がそろって声を上げ――、しかし次の瞬間、シャリスが微笑んだ。

「ただ、人目のないときは、いつも通りにしてくれてもいいよ。ルクス君」

「あっ、ズルっ。私にまでわざわざめんどくさいことさせといて！」

屈託《くったく》のない笑顔を見せるシャリスを見て、ティルファーがくってかかる。

ノクトはいつものジト目でそのやりとりを見つめている。

「困った人たちですね」

「でも、ありがとう」

三和音《トライアド》も、ルクスが本心では堅苦しい主従関係を望んでいないことを――王族としての立場など欲してはいないことを察していたのだろう。

それが一種の甘えだとしても、きちんと場を弁《わきま》えれば問題はない。

そんな関係の友人がいることを嬉《うれ》しく思いながら、ルクスたちは西方領へと出発したのだ。

†

長い道のりを装甲機竜《ドラグライド》であっという間に駆け抜け、城下町からはディスト卿が用意してくれた馬車で街路をゆく。

城に到着して間もなく、城下町の視察へ向かった。

ルクスという英雄の来訪については歓迎ムードらしく、歓声とともに出迎える市民の姿が見え、ルクスは馬車の中から手を振って応えた。

やがて、再び領主たるディストの小城に戻ると、敷地内には使用人たちが総出で迎えてくれたが、四大貴族という格の割には人がいないようだ。

それでも、大広間で宴席《えんせき》が始まれば次から次へと来客がやってくる。

西方領の領主たる貴族とその関係者たち、隣国《りんごく》の辺境貴族たち、近隣の町の市長や村長たちなど、ひっきりなしだ。

美しいライトグリーンのドレスを纏《まと》ったセリスとともに、ルクスも礼服で賓客《ひんきゃく》たちの応対に追われた。

「どうだい。疲れているかね？」

セリスとの婚約を果たし、未来の義父となったディストが、パーティーの合間にルクスを連れ出し、声をかけてくれる。

応接室を貸し切って休憩所代わりにし、軽くお茶で一服することにした。

城主としての応対は、その間セリスがしてくれていた。

「いえ。まだ国王としての仕事は始まったばかりですし」

と、強がりつつも、慣れない貴族たちの対応にやや困っている。

城塞都市《クロスフィード》の、あの学園が特殊だっただけかもしれないが、女子寮で雑用生活をしている方が、よほど気遣いが要らず楽だった。

あるいは——学園での平和な日常も、普段のアイリの根回しや、三和音《トライアド》が気を利かせてくれたおかげだったのかもしれない。

それでも、ルクス自身が選んだ道だ。

弱音を吐くには早いだろう。

そう思って深呼吸をひとつすると、ディストがふっと微笑んだ。

「君は——強いな」

心から感心したという口ぶり。

「そんなことありません。特にディスト卿には、政治のことでお世話になりっぱなしですし……それに」

「私は、ひとりの人間としてくじけそうになったよ。いや――何もできなかったというべきか」

ルクスの言葉を遮《さえぎ》るように、ディストは虚空《こくう》を見つめながら告げる。

過ぎ去った過去。

今はない景色に、思いを馳《は》せるように。

「娘から聞いているかもしれないが、旧帝国時代の男尊女卑《だんそんじょひ》の慣習によって、嫡男《ちゃくなん》を産めなかった妻は立場がなかった。とはいえ身体も弱く、それ以上子を授かることもままならなかった」

「…………」

それは四大貴族という大きな権力を持つディストですら、己の責任や立場に翻弄《ほんろう》されて生きてきたという独白《どくはく》だった。

あるいは、だからこそだろうか。

力を持つ立場であるからこそ、どんな微《かす》かな弱みでも暴き出し、つけ込もうとする輩《やから》が次々と現れる。親戚、身内の中にすら存在する。

ディストの正妻が嫡男を産めなかった弱みを突き、周囲の貴族たちが――あるいは親族がこぞって側室《そくしつ》の候補を連れてきたという。

「私は気に入らなかった。妻以外の女を愛する気もなかったが、側室を娶り男児が生まれれば、家が歪《ゆが》むことがわかっていたからだ」

病弱な正妻が、立場を更に失い追われることは目に見えていた。

ディストは良き領主としての見識と実力を身につけ、側室を拒み続けたが——妻への誹謗《ひぼう》中傷《ちゅうしょう》、立場の悪さを改善するまでには至らなかった。

結局、ディストの妻——イルシェは、親類たちの目を避けるようにして日陰の人生を歩んできた。

「それから帝国が崩壊し、新王国となって——表向きの風潮《ふうちょう》は変わった。だが、人の意識は容易《たやす》くは変わらない。まだまだ男を重視する流れは残るだろう。君には、私のように無力な男にはなって欲しくないのだ」

「…………」

おそらく他人はおろか、娘のセリスにも口にしたことがないであろう告白は、これからのルクスに向けた餞別《せんべつ》だろう。

新王国において、そして五人の妻を娶るという立場には、様々な苦難が待ち受けている。

たとえルクスと五人にそのつもりがなくとも、周囲は放っておかないのだ。

それでも負けるな——という激励として、ルクスは受けとった。

「わかっています。でも、ひとつだけ訂正させてください」

「なにかね？」

「お話を伺《うかが》っただけですが、ディスト卿は――決して無力ではなかったと思います。たとえ思い通りに行かなかったとしても、奥方様の心を、守れていたのだと思います」

「どうして、そう思う？」

「たったひとりでも、心から自分を愛してくれる者がいれば、思いやってくれる者がいれば、それだけで人は救われるはずだからです」

ルクスの一言に、ディストはしばし言葉を失う。

やがて小さな嘆息《たんそく》をつくと、ゆっくり腰を上げた。

「娘にそう接してくれるというのならば、問題はないだろう。君は今少し休むといい。私は大広間に戻るとしよう」

「いえ、僕も行きます。セリス先ぱ……。いえ、彼女の側《そば》にいたいですから」

「そうか」

ディストの表情には安堵《あんど》と、同時に一抹《いちまつ》の寂しさが宿っている気がした。

娘を送り出す父親の気持ちを感じながら、ルクスは大広間の宴席へ戻る。

今後はルクスが表向きは国王だが、実質ディストが王都で国政を仕切ることになる。

それでも、ルクスは自分自身の務めを精一杯果たすべく、貴族たちに囲まれているセリスの助けに向かった。

夜の宴が続く。

基本的には、『英雄』と呼べるほどの功績を果たし、次期国王となるルクスと、それに補佐官としてつき添《そ》ったセリスへの賞賛を受けとるだけだが、中には早くも深い繋《つな》がりを得ようと、いろんな探りを入れてくる貴族もいた。

表向きは協力的な態度を示しながら、さりげなく見返りをねだってくる。

例えば——、装甲機竜《ドラグライド》の横流しを求める者。

自分の騎士団を、ぜひ王国正規軍に迎えて欲しいと申し出る者。

あるいはもっと露骨に便宜《べんぎ》を望む者。

状況に応じて毅然《きぜん》と断るか、あるいはうまくかわさねばならない。

政治的な問題についても話し合った。

ルクスにとって長い夜が更け、賓客たちを見送ったあと、セリスと二人きりになった。

「——お疲れ様です。セリス先輩」

「……平気です。私ならまだまだ呑《の》めます」

ぐっと隣で拳を握るセリスの赤い顔を見て、ルクスは苦笑する。

酒には強くない彼女だが、今回は主役ということもあり無理をしていたのだろう。

悪酔いはしていなさそうだが、理性は溶けきっているようだ。

「大丈夫ですから、少し休んでいてください」

当たり前だが、後片付けは使用人の仕事なので任せ、ルクスとセリスは退散する。

小城の敷地内にある屋敷が、今回の二人の客室代わりだと話は聞いていたので、彼女に肩を貸し立ち上がろうとする。

「んう……」

弛緩《しかん》しきったセリスの身体の重み、そして酒で熱を帯びた身体の柔らかさに、ルクスはドキリとする。

そういえば、ルクスが泊まる場所は指定されたが、セリスの寝室までは指定されていない。

まさかとは思うが――いや、ベッドが二つあれば何も問題はないだろう。

というか仮に間違いがあったとしても、既に婚約者である以上、何も問題はないわけで

――その事実がますますルクスの頭を熱くさせた。

（落ち着け、セリス先輩は疲れてるんだぞ。っていうか、僕も疲れてるし……）

深呼吸をしつつ、ルクスは宿泊用の屋敷に向かう。

肩を貸しているセリスもどこか息が荒いが、意識ははっきりしている。

見張りの守衛がひとりいるだけで、屋敷の中は暗い。

扉を開け部屋に入ると、ランプの光で照らされた応接室に、高級そうな部屋着を着た、ひとりの女性が待っていた。

「あら？　こんばんは」

「――えっ？」

てっきり、誰もいないと思っていたので、ルクスは驚く。

たおやかな物腰《ものごし》の美女はそれなりの年のようだが、そうは思わせない若々しい魅力に溢《あふ》れている。

そして——金髪碧眼《きんぱつへきがん》の容姿には、どこかセリスの面影《おもかげ》があった。

「——お母様ッ⁉」

ぼうっとしていたセリスが、素早くルクスの肩から離れ、背筋を正す。

酔いのせいで足下がふらついていたが、なんとか倒れずに堪《こら》えていた。

「今日はお疲れだったようね。無事に務めを果たせたかしら？」

「は、はいっ！　お母様こそ、お身体の具合は大丈夫なのですか？」

話には聞いていたが、ルクスは初めてセリスの母と対面した。

病弱であり、セリスを産んだあとは基本的に養生《ようじょう》しているということで、今日の宴席にも顔を出さなかったから、てっきり具合が悪いのだと思っていた。

ここで会うと思っていなかったせいか、あるいは酔ってルクスにもたれかかっているのを見られたせいか、セリスは慌《あわ》てているようだった。

父ディストの前では、立派な年長者でありまとめ役としての一面を見せているが、母に対しては、また別の顔を見せている。

「無理をしなくていいのですよ。ここには他の人はいませんから。それに——私の話もすぐに終わりますしね」

そう柔和に微笑むと、美女は改めてルクスに向き直った。

「私はセリスの母、イルシェ・ラルグリスです。娘をよろしくお願いしますね」

「い、いえ、こちらこそ。セリス先――ご息女《そくじょ》にはお世話になっています」

丁寧《ていねい》なお辞儀《じぎ》をされ、ルクスも素早く礼を返す。

ソファーへの着席を促すと、イルシェは小さくかぶりを振った。

「気遣いは不要です。あなたたちの邪魔をしに来たわけではありませんから」

「そんなこと――。僕もちゃんとご挨拶したかったですし」

ルクスがそう言うと、イルシェはセリスとルクスに、そっと微笑みかけた。

「あなたがルクス・アーカディア殿ですね。噂《うわさ》はかねがね聞いていましたが、本当に聞いていたのとおりの男性のようですね」

「…………」

果たしてルクスの名声は、セリスの母にどのように伝わっていたのか。

それを考えると少し緊張する。

「頼りがいがあって、真っ直ぐで、とても優しい男の子だと。あなたの肩に寄りかかる娘を見て、安心しました」

「そ、それは、私の不徳です！　いつもならこんなこと――」

手を目の前でパタパタと振りながら、セリスが慌てる。

しかし、イルシェは苦笑しつつかぶりを振って、セリスを優しい眼差しで見つめた。

「いいのですよ。それは――あなたが信頼できる殿方を、心許せる男の人を見つけられたという証明ですから。昔のあなたはいくら疲れても、そんな弱さを人前に晒《さら》しませんでしたから。他ならぬ、私のために」

「お母様……」

「気づいていますよ。これでも、あなたの母なのですから――」

しみじみとした口調で、イルシェは目を伏せる。

「私の立場を気遣って、一人前の騎士となるために人一倍努力して、弱音も一切吐かなかった。主人の前でも私の前でも、決してくじけた姿を見せまいとしていた」

「………」

母の言葉に、セリスはうつむいて黙り込む。

図星だったのだろう。

セリスの家の経緯は、ルクスも聞いている。

四大貴族の正妻。貴族の名門に嫁いだ身でありながら、イルシェは『男』の跡継ぎを産めなかった。

そのせいで親類や周囲からは蔑《さげす》みの目で見られ、陰口を叩かれていた。

そんな噂を払拭《ふっしょく》しようと、セリスは誰よりも強く、男以上に立派であろうとした。

無理をしているとも思わせないように、母親に心労をかけないように、ずっとその姿を見せ続けていたのだろう。

周囲に弱音を零《こぼ》すことも、甘えることもできずに、猫《ねこ》や人形にも話しかけていた。

その強がりは、見抜かれていたようだ。

「あなたは私の誇りですよ。もう十分に、母は救われました。ですから——これからはあなた自身の幸せのために生きてください。あなたとあなたが愛する人のために、戦ってください」

「…………」

慈愛に満ちた温かな声音に、ルクスとセリスは何も返せなかった。

その言葉に対しては、肯定でも否定でもなく、ただ受けとるべきなのだろう。

「では、失礼します。願わくは、早く孫《まご》の顔でも見せていただけると、母としては至上の喜びですよ」

そう意味ありげに微笑むと、イルシェはこの離れの屋敷を出て行く。

きっと、彼女を誰よりも愛する夫——ディスト卿の元へ向かうのだろう。

外に待機していた侍女《じじょ》に連れられ、小城へ戻っていった。

†

「少し、居間で休みましょうか……」

イルシェを見送ったあと、ルクスとセリスは、二人きりの居間で小休止しようとする。

居間のテーブルにはイルシェが焼いてくれたチーズケーキが置いてあった。

「ええ……。さすがに酔ってしまいました。——っ⁉」

セリスは気が抜けたのか、足下がぐらついて倒れかかる。

そばにいたルクスが、慌てて彼女の身体を支えた。

「……ッ⁉」

そのまま、力を込めて抱き上げる。

二人の距離が、再び縮まった。

「ルクス……。その、ありがとう、ございます」

「無理しないで、セリス先輩は休んでてください。お茶を淹《い》れますから」

ルクスはセリスの身体を、ソファーまで運ぶ。

賓客たちの相手を無事に済ませ、緊張が緩《ゆる》んだのだろう。

それに——休息を取ったとはいえ、激闘の疲れはまだお互いに残っている。

先ほどイルシェが言った通り、普段は弱みを見せないセリスは、ずっと我慢《がまん》していたのかもしれない。

「ありがとうございます……」

ソファーに身体を預けたセリスは、酔っ払ったままルクスを熱っぽい視線で見つめている。

「そういえばセリス先輩。何か明日、したいことはありますか？」

「それは……どういう意味でしょうか？」

ぼーっとした目を丸くするセリスに、ルクスははにかんで言った。

「いえ、頑張《がんば》ってくれたセリス先輩に、お礼をしてあげたくて。何もなければ、別に――」

「…………」

その言葉を聞いたセリスは、数秒の間押し黙っていたが。

「……じゃあ、ひとつお願いをしてもよろしいでしょうか？」

おずおずと、躊躇《ためら》いがちにそう尋ねてくる。

ルクスが頷くと、セリスは意を決したように告げてきた。

「その、甘えさせていただけませんか？　今晩だけで構いませんので」

「――え？」

少女はルクスから目を逸《そ》らし、言いづらそうに顔を赤らめる。

対するルクスは、とっさに意味がわからず首を傾《かし》げた。

「いえ、よくよく考えてみたら、私は物心ついた頃から、ほとんど誰かに甘えた記憶がないので……。でも、ルクスと一緒のときだけは、誰よりも気楽に接することができたんです。ですから――」

申し出ることが、まるで罪ですらあるかのような口ぶりだった。

「…………」

きっとセリスは物心ついてから――覚えている範囲で本当に甘えたことがなかったのだろう。

初めは、男を産めなかった母のために。

しばらくしてからは、師であるルクスの祖父のために。

誰よりも強く、正しくあろうと己を律《りっ》しながら、不断の努力を重ねてきた。

その生真面目さがもたらした学園最強の名だが、彼女にも年頃の少女らしいところがあったのだ。

ただ、甘えが許されない立場だと自分自身を追い詰めていたせいで、誰にもその本音を口にすることができなかったのだ。

だから、猫や鳥、草木やぬいぐるみにまで弱音を吐いていたのだ。

初めてセリスと学園で出会ったときに、そうしていたように――。

『頼れる誰かに、甘えてみたい』

年を経て、立場が大きくなるに連れ、それはどんどんと実現不可能な夢になってしまう。

甘えとは、平常時に取り過ぎると身体には良くない砂糖菓子だ。

だが――セリスのように人の何倍も努力をして、責任を持って戦ってきたものが、時折得ることは問題ない。

そして、自分の意志で一度も甘えようとしなかった彼女が、酒のせいだとしても気を許してくれたことを、ルクスは嬉しく思う。

誰よりも甘えることが苦手な少女が、自分という男に、全幅の信頼を寄せてくれた証なのだから。

「はい。僕でよければ、喜んで」

明るい穏やかな声とともに、ルクスはセリスに微笑みかける。

「今晩だけとは言わずに、いつでも好きなだけ甘えてください」

「ルクス……」

赤い顔をしたセリスの瞳《ひとみ》に、キラキラと星のような煌《きら》めきが浮かぶ。

次の瞬間、セリスはソファーに深く身体を預け、全身の力を抜いたようだった。

この視察旅行でもっとも楽しみにしていた時間。

ドレス姿のセリスとの、甘いひとときが始まろうとしていた。

†

天井《てんじょう》のシャンデリアから零れる、柔らかなオレンジの光。

ソファーの前の暖炉の火がパチパチと爆《は》ぜる音の中に、二人きりの時間がある。

適度に酒で酔った身体に心地よい穏やかな雰囲気で、同時に甘酸っぱく、胸がときめくような感覚がある。

セリスをソファーで休ませる傍《かたわ》ら、ルクスはお湯を沸かす準備を整える。

頬《ほお》を赤らめたセリスは、それを愛おしそうに見つめている。

「セリス先ぱ――ううん。セリスはゆっくり休んでて」

「はい……」

ルクスの口調は、セリスがさっき頼んだものだ。

年下で、かつ士官候補生の後輩ということで、普段はルクスが敬語を使っていたわけだが、それだと甘えづらいので、同年代の態度で接して欲しいとセリスが言ったのだ。

確かに、年下という立場を常に示されては、年上のセリスとしては甘えづらいだろう。

『それに――私とあなたは、もう恋人同士で、婚約者なのですから』

そう恥ずかしそうに彼女から言われてしまうと、いやでも今の関係を意識してしまい、ルクスの胸が高鳴ってしまう。

お湯が沸くまでの時間、毛布を探してきて、彼女の肩にかけてやる。

一服の支度が整うと、まずは今回の旅路での、労《ねぎら》いの言葉をかけた。

「今日はお疲れ様。パーティーでお客さんたちの相手、大変だったね？」

「……はい、大変でした。慣れない仕事でしたので、戦いより気を遣いました」

酔っ払ったままのセリスは赤ら顔で目をつぶり、口元に小さく笑みを浮かべる。

そして、ソファーの隣に腰かけたルクスへ、猫のように身体をすり寄せてきた。

その身体を労《いたわ》るように、優しく彼女の髪を撫《な》でてやる。

セリスは心地よさそうに目を閉じたまま、ルクスに体重を預けていた。

「助かったよ。頑張ってくれて、ありがとう」

そう優しく囁《ささや》きながら撫で続けると、セリスはほっと息を漏らした。

「よかった……。ルクスに喜んでもらえて嬉しいです。私は――幸せです」

酒のせいか、半分夢見心地のような口調でセリスは呟《つぶや》く。

「ルクスは、優しいです。大好きです。ずっとこうしていたいです……」

「……ッ⁉」

スリスリと顔と身体をすり寄せながら呟く幸せそうな顔のセリスを見て、ルクスはドキッとする。

普段は凛々《りり》しく、超然としている年長者の彼女だからこそ、今のような姿が余計《よけい》に可愛《かわい》らしく感じる。

セリスは意識していないだろうが、すり寄ることで少女の甘い匂《にお》いとドレス越しの温かさ、豊かな胸が軽く押し潰され、ルクスの理性が溶けそうになる。

（あ、危ないッ……。セリス先輩のこんな無防備な姿——。破壊力がすご過ぎる……！）

思わず我を忘れてしまいそうになり、深呼吸をひとつ。

なんとか暴走を回避したルクスは、泥酔《でいすい》したセリスを優しくあやしたあと、ケーキと紅茶を運んできた。

「セリス、お茶が入ったよ？　イルシェさんのケーキは自分で食べられそう？」

「ちょっと、酔いが回って。自信がありません」

フラフラと身体を揺《ゆ》らしながら、ドレス姿のセリスは薄目を開ける。

ルクスが隣に腰かけると、再び嬉しそうに身体を寄せてきた。

「ルクスに、食べさせて欲しいです」

「えっ……!?」

「ダ、ダメ、でしょうか……？」

身長の高いセリスが、上目遣いでおねだりするその仕草に、ルクスは狼狽《うろた》える。

僅《わず》かに恥ずかしさはあるが、今はセリスと二人きりだ。

なら——。

「えっと……。はい、あーん」

小皿に乗せたケーキのひと欠片《かけら》をフォークに刺し、セリスの口元に運ぶ。

対するセリスは小さく口を開け、エサをねだる雛鳥《ひなどり》のように、唇《くちびる》を差し出した。

艶《あで》やかな薄いピンクの唇が間近に見える。

そっとフォークを差し出し、セリスがケーキを舐《な》め取るのを見つめる。

もくもくと食べたあと、ほっと甘い息を少女は漏らした。

「甘くて、おいしい――です。ルクスに食べさせてもらうの……好きです」

どこか陶然《とうぜん》とした声音で囁かれ、ルクスの脳もとろけそうになる。

そのままケーキがなくなるまで続け、紅茶もセリスのリクエストで、ルクスがふうふうと息で冷ましてから飲ませた。

たったそれだけのことを、たっぷりと時間をかけて行う。

出会ってから今までのこと。

これからのこと。

話していられる思い出はいくらでもあるが、言葉はいらなかった。

緩やかに過ぎゆく時を楽しんだあと、ルクスはセリスを抱きかかえて、寝室に向かう。

真新しいシーツのベッドに彼女を横たえると、おねだりの続きをしてきた。

「……じゃあ、次はマッサージをしてもらえますか？　ふぁ……」

と、完全に甘えモードに入っているセリスが、小さな欠伸《あくび》とともにねだってくる。

「マ、マッサージですか？」

既に興奮が高まっていたルクスは、その一言に狼狽えた。

さすがに、それはまずいのではなかろうか？

単純にマッサージで疲れを取るというのは理にかなっているが、ルクスも男である。

今や恋人であり婚約者のセリスと二人きりのこの状況で、間違いを犯さずにいられるだろうかと思い悩んだ。

（いや、間違いでもなんでもない……よね？　だって、僕とセリス先輩は、もう――）

相思相愛《そうしそうあい》で、将来を誓った仲なのだ。

お互いを求め合ったとしても、なにもおかしなことはない。

むしろ、セリスが卒業するまでは学園で公然とイチャイチャすることは難しいことを考えると、ここでそうしておく方が正しいといえる。

（待てよ、まさかこの屋敷って、そのために――）

今更ながらルクスは、周囲が二人きりの寝床を用意した計らいに気づくが、セリスはおそらく、自覚なしだろう。

ならば――ここでセリスを裏切るわけにはいかない。

「してくれない、んでしょうか……？」

どこか寂しげにルクスを見上げる瞳を見て、ルクスは決心する。

「わかりまし……。わかったよセリス、じゃあ、うつぶせに寝てくれない？」

膨らみ過ぎた期待を落ち着かせ、セリスの背中に手を添える。

が、背中が開いたドレスを目にしただけで、瞬時にルクスの理性はぐらついた。

「………………」

「あれ？　どうかしましたか……？」

「いっ、いやっ……！　なんでもないよ！」

うつぶせのセリスが首だけで振り返り、ルクスは我に返る。

「もしかして、ドレスのせいでやりにくいんですか？」

「……まあ、ちょっとだけ」

ルクスは『目のやり場に困るので』という意味で、困ったように告げる。

が、何を勘違《かんちが》いしたのか。セリスは半身を起こすと、ぐっと両腕を伸ばして、ドレスを脱ぎ始めた。

「ちょっ……!?　セリス!?」

ルクスは突然の出来事に大慌てで背中を向ける。

衣擦《きぬず》れの音がやみ、ルクスが恐る恐る振り返ると、さっきと同じ構図で、セリスは寝そべっていた。

下半身には、腰から下に毛布がかかっている。

しかも、酔っていて脱ぐのがだるかったのか、白い長手袋は残ったままである。

（落ち着け……、今のセリス先輩は自分で何をしているか、気づいてない。こういうときこそ、紳士的に――）

ルクス自身も混乱しつつ、セリスに促されて夢遊病者のように裸の彼女の背に手を添える。

肩胛骨《けんこうこつ》の辺りにそっと手のひらを添え、ゆっくりと五指に力を入れ始めた。

「んんっ……。はぁあ……」

「………」

瑞々《みずみず》しい、張りのある肌の感触が心地よい。

鍛え抜かれた弾力と、しかしはっきりと女性であることを示す脂肪《しぼう》の柔らかさが同居している。

おそらくうつぶせになっているため、彼女の豊かな胸の膨らみは押し潰れているのだろう。

（って、なんの想像をしているんだ僕は……！　落ち着け……！）

息を整えるための深呼吸すら、セリスからうっすらと立ち上る匂いを意識してしまう。

バクバクと心臓を鳴らしつつも、鋼の自制心で己を制御する。

肩から背中全体、二の腕、腰と、雑用王子《ざつようおうじ》時代に培った技術で、セリスの強張《こわば》った筋肉をほぐしていく。

「とっても気持ちいいです……、ルクスの手。もっと強くして、いいですよ？」

「あ、ああ……！」

軽く自分の体重を乗せ、ぐっぐっと力を込めてセリスの肉を揉《も》み込む。

その度にえも言えぬ昂揚《こうよう》がルクスの中で燃えさかっていく。

ルクスはある意味で、どんな戦いよりも辛《つら》い我慢を強いられた。

そんな天国とも地獄ともつかない時間が過ぎ去ると、セリスはいつしか、うつぶせに寝そべったまま、寝息を立てていた。

「はぁ……。疲れた」

肉体的ではなく、精神的にである。

が、ようやく終わったと安堵しかけたそのとき、ルクスは恐るべきことに気づいた。

「って、そんな格好のまま寝ないでくださいっ！」

素の口調に戻りつつ、ルクスは思わず声をかける。

とっさにセリスに毛布を被《かぶ》せるが、暖炉《だんろ》がないこの寝室でそれだけでは風邪《かぜ》を引いてしまうだろう。

（せめて一度起こして、ちゃんと寝間着《ねまき》に着替えさせないと――）

ルクスがそう思い、寝入ってしまったセリスを着替えさせようと寝間着を探し用意する。

あまり時間をかけていると、彼女の身体が冷えてしまう。

そう思い、意を決してセリスの半身を起こしたとき、逆にルクスが抱きしめられた。

毛布一枚越しの裸の抱擁《ほうよう》に、ルクスの思考が停止する。

セリスの目がうっすらと開いて、二の腕で寝ぼけ眼《まなこ》をこすっていた。

「むにゃ……。ルクス、今夜の最後のお願い。聞いてもらっても、いいですか？」

「あの、セリス先輩。先に着替えないと――」

バクバクと、心臓が早鐘《はやがね》を打つ。

その一方で、いつまでもこうしていたいような甘酸っぱいときめきを感じていた。

だが、セリスの腕から力は抜けない。

むしろ更にきつく、強い想《おも》いを込めて抱きしめてくる。

柔らかな胸がルクスの胸板で押し潰れ、その感触に我を忘れる。

直後、すっと抱擁を解くと、目の前のセリスが微笑んだ。

「記憶の彼方《かなた》に消えてしまったパレードの……あなたが告白してくれたときのことが、忘れられません。そのあとした口づけも。夢のように幸せで、でも――」

と、酔った声音のセリスが、ぼうっとした口調で、更に顔を赤らめて微笑む。

「あのあと世界改変《せかいかいへん》が行われたせいで、怖いんです。あのときのルクスの気持ちも、かき消された記憶と一緒に、消え去ってしまったんじゃないかって……」

「セリス、先輩……」

「だから、もう一度聞かせて欲しいんです。もう一度、再現して欲しいんです。今度こそ、忘れないように、今の私に伝えて欲しいんです……。ダメ、でしょうか?」

セリスは軽く目を逸らし、おどおどとしながら請《こ》うてくる。

それが最後の、一番して欲しい。

彼女の要求だと気づいた。

「――――」

本当は王都でのパレードの三日間で、彼女と結ばれていたはずだった。

その記憶が世界改変によって一度はなかったことになったため、思い出したあとも、セリスは不安に思っている。

彼女にとって、何よりも大切な思い出が、不確かになってしまったようだと。

そう彼女の瞳が、声が、切なげに揺れる姿が語っていた。

「セリス、先輩――」

強くて気高い、真面目で不器用な年上の少女。

彼女にそこまで気持ちを寄せられていたことを、ルクスは幸福に思う。

それだけで胸がいっぱいになり、あの日の情熱が込み上げてくる。

そこから先はもう、彼女に触れることに躊躇《ためら》うことはなかった。

「あなたのことが――好きです。愛しています、セリス先輩」

そう告げて、優しく口づけする。

触れた場所を中心に、甘くとろける感触が心を満たす。

ほんの数秒か、あるいは一分か、永遠のような時間を共有したあと、セリスが再び唇を重ねてきた。

ちゅうっと、ルクスの唇に自らの唇を重ね、更に深い交わりを欲してくる。

セリスの舌の奥には、まだ酒と、さっきの紅茶とケーキの味が残っていた。

「セリス、先輩……」

「……ルクス、もっとキス、してください。ずっと、我慢してたんですから」

いろんな意味で酔っているセリスが、いつになく積極的にルクスへ迫る。

再び、何度もキスを繰り返し、数や時間を忘れていく。

そのまま二人は、明け方まで眠ることも忘れ、長い一夜を明かした。

†

「──陛下」

眩《まぶ》しい朝日が差し込み、誰かが寝付いたばかりのルクスの身体を揺らす。

「陛下──いえ、ルクスさん。起きてください、もうお昼近くです。そろそろ挨拶をして、学園に戻らなければ、スケジュールがこなせませんよ」

「んん……」

淡々《たんたん》とした抑揚《よくよう》に乏《とぼ》しい――しかし耳に良く通る声。

薄目《うすめ》を開いたルクスの目に飛び込んできたのは、制服姿のノクトだった。

いつものジト目で、ベッドで横たわるルクスを見下ろしている。

「って、ノクト⁉　どうしてここに⁉　それより――うわっ⁉」

ルクスが半身を起こすと、隣には裸のセリスが毛布にくるまって寝ている。

ルクスは慌ててそれを毛布で隠し誤魔化《ごまか》した。

時計の針は、既に朝食の時間になっている。

どうやら寝過ぎて、スケジュールをオーバーしそうになったため、今や従者のひとりであるノクトが様子を見に来たようだ。

「あ、あの……できればノックを」

「Yes. 十回はしましたが」

若干、無表情の中に呆《あき》れの色が見える。

「…………」

「そんな格好をしていると風邪を引きますよ？　ところで、装甲機竜《ドラグライド》を動かす体力は残ってますでしょうか？」

「え、残って……る、けど？　寝たし……」

「本当ですか？　嘘ついて、途中で力尽きても私は知りませんよ？」

「……いや、まあ、頑張るよ」

普段通りのノクトのようで、微妙《びみょう》に普段と違う気がする。

拗《す》ねているというか、若干《じゃっかん》不機嫌というか……言葉になにか含みがある。

「では、そろそろセリス先輩を起こして身支度《みじたく》を整えてください。着付けが必要ならお手伝いしますが――」

「いや、なんとかするから……」

「よろしくお願いします。では、お待ちしておりますので」

ペコリと一礼すると、ノクトは規則正しい歩みで去っていく。

「ん、ルクス……。大好きです」

セリスが口を小さく開けて寝言を言う。

「はぁ……」

困ったようにため息をつきつつ、ルクスは身支度を整え、セリスを起こすことにした。

†

ディスト卿に別れを告げ、ルクスたちは城塞都市《クロスフィード》の学園に戻ることになった。

当然、移動時間の短縮のために、ほとんどは装甲機竜《ドラグライド》で行うわけだが、その最中、《ワイバーン》を纏って滑翔《かっしょう》するルクスは、急に目眩《めまい》がしてぐらついた。

「ルクス、大丈夫ですか⁉　どこか身体の具合でも――」

あのあとスッキリと目覚めたセリスは、いつも通りの元気な様子である。

《リンドヴルム》を纏ったまま、慌ててルクスに声をかけてきた。

「いえ、ちょっと疲れが……」

「そうですか？　私はぐっすり寝たせいか、だいぶ疲れが取れましたが――」

「…………」

むしろ、セリスのせいで眠れなかったわけだが、彼女の体力はどうなっているのだろうか。

そんなことを考えつつも、彼女と寄り添える今の光景に満足している。

「と、ところでルクス？　起きたら裸だったのですが、昨晩は何があったのですか？　どうも、お酒のせいで記憶が途中から――」

唐突に、隣を滑翔するセリスから囁かれ、ルクスは口籠もる。

忘れているのなら、昨晩の出来事をルクスの口から告げるのは躊躇われた。

「……いえ、あの、気にしなくていいですよ！」

目を逸らして顔を赤らめるルクスを見て、セリスは慌てる。

「待ってください！　私は何をしたんですか⁉　黙秘は不許可です！」

「あの、いつか言いますから。今はちょっと――」

そんな掛け合いをしながら、日常へと帰還する。

否《いな》。

これからの日常は、王妃のひとりとしてのセリスが、日常にいるのだろう。

そんな幸せを噛《か》みしめながら、ルクスたちは城塞都市《クロスフィード》へ帰還した。

Episode2　雪の国の星空の下で（クルルシファー編）

セリスとの西方領《せいほうりょう》への視察より、学園に戻ってから数日後。

今度は同盟であるユミル教国《きょうこく》への出発が迫っていた。

形式上、ルクスが次の国王になるという伝達及《およ》び、ニアス教皇《きょうこう》にお目通りして、同盟の継続をお願いするためだ。

ようは挨拶《あいさつ》であるが、ラフィ女王からルクスに権限が移った以上、やっておかねばならない国務である。

その出発の数日前から、クルルシファーはルクスを呼び出していた。

ランプに照らされた夜の学園の応接室にて、眼鏡《めがね》をかけた蒼髪《そうはつ》の少女が講師のごとく教鞭《きょうべん》を振るっている。

勉強の目的は二つ。

クルルシファーはユミル教国の歴史や現在の状況を、伯爵《はくしゃく》である義父《ぎふ》、ステイル・エインフォルクや、『七竜騎聖《しちりゅうきせい》』のメル・ギザルトから聞いた情報をまとめ、予備知識としてルクスに伝えていた。

もうひとつは、遅れている学園での授業内容の補習である。

ルクスは士官候補生であり、次期国王でもある特殊な立場になってしまったため、当然ながら公務が忙しくまともに授業は聞いていられない。

しかし、卒業するにはそれなりの単位が必要であり、そのための講師役を成績トップのクルルシファーが買って出たのだ。

そういうわけでユミルへ出国するまでの数日間、彼女のマンツーマンで勉強を教わっていた。

「──ということよ？　今までの傾向からして、この辺りは試験に出ると思うから、ちゃんと覚えておきましょう」

「う、うん……、ありがとう。それよりクルルシファーさん」

「なにかしら？　質問なら遠慮《えんりょ》なくしていいのよ？」

「…………」

微笑《びしょう》で返してくるクルルシファーを見て、ルクスは困惑に固まる。

多かった。

一週間前より、遥《はる》かに勉強するための本が、ルクスの前の机に山積みになっていた。

文字通り、『山』の状態で。

「これ、終わるのかな？」

「さあ、どうかしら？　けれど──ちゃんと卒業するならやっておくに越したことはないでしょうね」

「…………」

くすりと、不敵な笑みをクルルシファーは漏らす。

そう言われてしまえば、手加減をしてくれと言うことなどできない。

国王という立場になることを受け入れたのもルクスであれば、士官候補生との両立を望んだのもルクスである。

事情を考えれば休学、あるいは退学しても問題はなかっただろうが――それはいやだったのだ。

自分を受け入れてもらい、多くの思い出を作ったこの学園を、正式に卒業したかった。

我《わ》が儘《まま》といってしまえばその通りなのかもしれない。

けれど、間違いなくルクスの望みだ。

「……ところでクルルシファーさん」

「なにかしら?」

「……いや、やっぱりなんでもないよ」

「そう？　わからないところがあれば早めに聞いて」

ルクスが聞きたかったのは、そういうことではなかったりする。

どうもセリスとの西方領の視察から学園に戻って以来、クルルシファーの態度がおかしい気がするのだ。

もちろん、表面上は何も変わっていないし、いつものクールな彼女なのだが、表面では隠しきれない威圧を感じる。

（なんだろう。クルルシファーさんから感じる、この感覚……）

単純に怒っているわけではない。

教えを乞《こ》えば、丁寧《ていねい》に普段通り教えてくれるし、内容もルクスが学びやすいようによくまとめられている。

そう考えると、むしろかなり優しいと言えるのだが――。

しかし、平常というのも違う気がする。

それくらいは鈍《にぶ》いルクスでも、さすがに察することができた。

「はい、紅茶よ。それと――ユミル教国での滞在中のスケジュールは組んでおいたから、あとで確認しておいてね」

「ありがとう、助かるよ。どれどれ――」

と、ふいに話題が変わったところで、クルルシファーが日程表を差し出す。

それを見たルクスは、さすがに困惑した。

「あのさ、クルルシファーさん」

「どうかしたかしら？」

「この日程、ちょっときつくない？　予定より滞在時間が二日延びているし、学園にいる時間も取らないと――」

「そうね。仕方ないけど減らそうかしら？　ルクス君が頑張《がんば》って補習をしてくれれば、問題ないのだけど」

どこか含みのあるクルルシファーの微笑に、ルクスは戸惑《とまど》う。

「あの、もしかして……怒ってる？」

「そんなことはないわ」

ルクスが苦笑しつつ聞くと、クルルシファーは涼《すず》しげな顔で即答する。

「じゃあ、やっぱり予定を元に戻して――」

「一応、挑戦してみるつもりはないかしら？」

ルクスがもう一度聞くと、クルルシファーは笑顔で即答した。

「……頑張ります」

そう言って、授業を休んだ分の補習に取り組むルクスだったが――一度途中で疲れて眠ってしまい、その後はクルルシファーも諦《あきら》めたため、結局滞在予定の日数は延びなかった。

そして、いよいよ出発する。

二泊三日の、ユミル教国への訪問の旅である。

†

北の大国であるユミル教国は寒い。

新王国での同じ二月と比較して防寒対策をした場合、無理な行軍をすれば凍死《とうし》すらあり得る。

そんな中、ルクスとクルルシファー、それに護衛の三和音《トライアド》の一団は装甲機竜《ドラグライド》での移動を続けた。

幻創機核《フォース・コア》から熱を伝導させるため、装衣《そうい》だけの状態でも寒くはないが、纏《まと》った装甲機竜《ドラグライド》を解除してしまえば、途端に極寒の世界に戻る。

故に、全員が装甲機竜《ドラグライド》を纏ったままの移動になり、休憩時には風よけを作り、焚《た》き火《び》をしてからでないと風邪《かぜ》を引く。

ティルファーの纏う《ワイアーム》と、ノクトの纏う《ドレイク》は飛行できないため、必然的に雪上を進む彼女たちのスピードに合わせて進んだ。

もちろん、ルクスとクルルシファーだけで全速を出せば半分の移動時間で済むが、異国へ赴《おもむ》く以上、やはり護衛は必要だと判断した。

休憩を数度挟《はさ》みつつ、昼過ぎにはユミル教国の聖都《せいと》に辿《たど》り着く。

神殿の正門に向かうと、『七竜騎聖』のメル・ギザルトが出迎えてくれた。

「久しぶりね。まだ、たったひと月しか経《た》ってないけど——。お兄ちゃん、大丈夫？　ちょっと、疲れてるみたいだけど――」

「いや、平気だよ」

白金の髪を持つ年少の少女は、挨拶もそこそこに怪訝《けげん》な顔でルクスを見る。

対するルクスは強がりの笑みを浮かべた。

「クルルシファー。あなたなにかやったわけ？」

「別に」

「……まあいいわ。体調が悪いってほどじゃないみたいだし、行きましょう」

身を清めたクルルシファーとともに、神殿の中に足を踏み入れる。

少年のように若い教皇ニアスとの謁見《えっけん》を済ませ、同盟内容の引き継ぎを行った。

その後は宴席となったわけだが、敬虔《けいけん》な信徒たちによる食事は、慎《つつ》ましやかなものである。

礼儀作法《れいぎさほう》は、クルルシファーから入国前にしっかりと指導してもらっていた。

食事の作法、神殿内での立ち振る舞い、祈りの手順を、不自由なくこなす。

「それではルクス王、失礼します」

別れ際、見送りに来たメル・ギザルトが、恭《うやうや》しく一礼する。

人目があるところでは、ちゃんと言葉や態度を選んでいるようだ。

幼く見えても貴族令嬢《れいじょう》として、機竜使い《ドラグナイト》として前に進んでいる。

「メル卿《きょう》もお元気で。なにかあったら声をかけてください。同盟国として、必ずや力になりましょう」

「恐悦《きょうえつ》にございます。陛下」

形式通りのやりとりだが、そこには堅苦しい言葉遣いとは裏腹《うらはら》の、砕けた笑顔があった。

かつてメルもこの国で、ルクスに危機を救われた。

先の大戦では、戦友として肩を並べた。

『元気でね。お兄ちゃん』

そう彼女の瞳《ひとみ》が、悪戯《いたずら》っぽく言っていた。

何やらクルルシファーと、先ほど話をしていたようだが、その内容は明かされるのだろうか？

聖都の神殿にて公務をこなしたルクスは、会談のあとにクルルシファーの――エインフォルク家の別荘へと向かう。

クルルシファーの義父であるステイルを始め、義兄《ぎけい》のザインに義妹《ぎまい》たちなど、その全員が集まっていた。

中でも一際《ひときわ》懐《なつ》かしかったのが、執事《しつじ》であるアルテリーゼの存在だ。

「この日を長らくお待ちしておりました。ルクス様――いえ、国王陛下」

「ルクスでいいですよ。もう、ここは敷地内なんですから」

苦笑しつつ、ルクスは応える。

こういうやりとりを繰り返さねばならないのが、今のところ一番の不都合かもしれない。

「では、そなたも堂々としたらどうだ？　今となっては、ここもそなたの家なのだからな」

「それもそうですね。では、ただいま」

今や自分の義兄でもあるザインの勧《すす》めに従って、ルクスはリビングに通される。

再び、慎ましい歓迎の宴《うたげ》が開かれた。

†

ユミル教国ではその教義上、馬鹿《ばか》騒ぎなどしたりはしない。

しんしんと降り続ける雪の中、クルルシファーは早めに宴会を切り上げさせ、ルクスを誘って外へ出かけた。

第四遺跡《ルイン》『坑道《ホール》』。

『鍵の管理者《エクスファー》』であるクルルシファーのもうひとつの故郷とも呼べる場所へ、二人は向かうことにしたのだ。

「もうひと手間かけてしまうかもしれないけど。ついてきてもらえるかしら？」

遺跡《ルイン》の侵入許可は、教皇ニアスから既にもらっていたので、仕事は内部の管理チェックということになる。

過去の技術と遺産を封印するため、機能停止させてあるはずの遺跡《ルイン》――。

これ以上は誰も入れないはずだが、その遺産と技術を盗み出そうとする者はあとを絶たない。

もちろん見張りはついているわけだが――定期的に内部を確認するのも、『鍵の管理者《エクスファー》』であるクルルシファーの任務なのだ。

「僕なら平気だけど――大丈夫なの？　勝手に出てきちゃって」

「ええ、アルテリーゼや家族には伝えているわ」

いつになく神妙な顔のクルルシファーを見て、ルクスは頷《うなず》く。

護衛としてユミルに同行した三和音《トライアド》をエインフォルク家に残し、静まり返った夜更けに遺跡《ルイン》へと出発した。

現状――幻神獣《アビス》が出現する危険はないはずだ。

組織だった機竜使い《ドラグナイト》による野盗《やとう》なども、今のところ目立ってはいない。

それでも、警戒をして装甲機竜《ドラグライド》を纏い、二人は遺跡《ルイン》に辿り着く。

見張りに挨拶をしつつ指定の場所に辿り着くと、淡い光とともに内部へ転送された。

「お久しぶりであります！　『鍵の管理者《エクスファー》』様――いえ、クルルシファー様」

「――しばらくぶりね、ネイ。なにか変わったことはなかった？」

機械の犬耳を持った自動人形《オートマタ》。

ネイ・ルーシュが出迎えてくれる。

彼女たちは遺跡《ルイン》の番人として、基本的には『鍵の管理者《エクスファー》』と『創造主《ロード》』以外の命令を聞かないようにプログラムされている。

なお、幻神獣《アビス》の生成や装甲機竜《ドラグライド》の作成は現在行っていない。

それどころか——、過去の遺産や技術を、消去するための作業を行っているのである。

「問題は退屈なことくらいであります。誰も来やしませんからね。ですが——ご要望通り、今日の支度は整えておきました！」

「そう、ありがとう。あなたの仕事に感謝するわ」

「いえいえ、それほどでも——ありますけど」

実際の犬にも似た仕草で、ネイは頭を差し出してくる。

それをクルルシファーは微笑とともに撫《な》でた。

「ここは——。もしかして、遺跡《ルイン》の宿？」

「ええ、ネイに頼んで、起動してもらった居住区の一室よ」

『坑道《ホール》』の奥に案内されると、独特なデザインの宿泊施設があった。

不思議なことに、その部屋には天井《てんじょう》がなかった。

頭上には煌々《こうこう》と輝く月と、その光で照らされた瑠璃色《るりいろ》の夜空。

そして——、空に舞う雪が輝いている。

幻想的で……美しく、ムードのある空間だった。

だが、寒くはなく、雪も室内には落ちてこない。

どうやらスクリーンで、実際の夜空を映し出しているようだが――天井がそのまま透けて見えるような錯覚《さっかく》を受けた。

それでいて、淡いランプに照らされた部屋は暖かい。

滑らかな形状のテーブルやソファーの近くには、冷蔵保存されたグラスなどもあった。

「この前の調査で、メルと一緒に見つけたの。宿泊施設だったようだから。それをネイに手入れしてもらって、使えるようにしてもらったのよ」

『坑道《ホール》』は、他の遺跡と比較して――保管庫、あるいは避難所《シェルター》としての側面が強いらしい。

その住人ももはやいなくなってしまったようだが、復元させれば機能は生きているそうだ。

「今日はここに泊まりましょう？　エインフォルク家には明日の昼過ぎにでも戻ればいいから、ゆっくりしていって」

「……あのさ、クルルシファーさん」

「どうしたの？　こういう部屋は好きじゃなかったかしら？」

さらりと告げるクルルシファーに対し、ルクスは困惑した顔を見せる。

「これって、公私混同じゃないの……？」

「………………」

ただの宿泊施設とはいえ、遺跡《ルイン》の機能を回復させているから、不当な遺跡《ルイン》の利用に当たるのではないかと、ルクスは疑問を呈《てい》したのだ。

が、それを聞いたクルルシファーは、珍《めずら》しく呆《あき》れた表情でため息をつく。

「あのね。そんなに真面目だと、今から苦労するわよ？　まあ、あなたらしいといえば、そうだけど……」

「いいのかなぁ……」

「私たちは、遺跡《ルイン》の管理状況の確認のためにここへ来たのよ。その作業途中で遅くなって泊まることになっても、なにも問題はないでしょう。ネイも、そう思うわよね？」

「クルルシファー様の言う通りであります！」

と、ネイが機械の犬耳を立てて同意する。

「完全に言わせてるような気が……」

ルクスが小声で突っ込むも、軽く流されてしまう。

しかし、実際のところここに泊まることに関しては、さしたる問題はないような気がした。

（それにしても、どうしてクルルシファーさんは、こんなスケジュールを組んだんだろう？）

部屋で休息を取りながら、ルクスはふと物思いに耽《ふけ》る。

ルクスを休ませる傍《かたわ》ら、クルルシファーはネイ・ルーシュから、遺跡《ルイン》に残されていた記録や情報を確認する。

新たな旧時代の生存者などは見つからず、侵入者も来ていないらしい。

先の大戦で、各国の機竜使《ドラグナイト》いたちはだいぶ減ったため、遺跡《ルイン》に侵入しようとするほど、大きな集団もいないようだ。

もっとも現段階は、というだけで、注意深く管理を続けていく必要はあるわけだが――。

「ルクス君は休んでいて、私はちょっと、着替えてくるから」

「あ、うん。それじゃ、少しだけ――」

クルルシファーとネイが席を外した隙《すき》に、残っていた僅《わず》かな緊張が解ける。

すると、どっと疲れが押し寄せ、浅い眠りに引きずり込まれた。

†

「――ルクス様。お身体の具合はいかがでありますか？」

「んん……。って、なにこれ⁉」

目覚めると、今まで眠っていたベッドからコードが伸び、ルクスの身体に繋《つな》がっている。

装衣は上半身が脱がされていたが、暖房のためか寒くはなかった。

「ただの簡易回復促進装置です。通常の睡眠より、数倍の回復速度が見込めます」

空を見上げてみれば、まだ煌々《こうこう》とした月が浮かんでいる。

あれからそれほど時間は経《た》っていないようだ。

「あら？　起きてしまったのね。朝まで寝ていてくれてもよかったのに」

静まり返った空間で、クルルシファーは装衣から深い蒼《あお》のドレスに変わっていた。

ルクスが寝ている間に着替えたのだろう。

髪を後ろでまとめた、上品な姿で微笑《ほほえ》みかけてくる。

「もしかして。これのために、わざわざ僕を――」

最近疲れているルクスのために、休息のスケジュールを入れてくれたのだろうか？

「半分当たっているけど――半分は違うわね。本来の目的じゃなくて、ちょっとした、罪滅ぼしのようなものよ」

「罪滅ぼし……？」

予想もしない返答に、ルクスは首を傾《かし》げる。

そんな中、クルルシファーはただ、夜空のスクリーンを――雪月を眺《なが》めている。

「ええ、あなたには今回。私の都合で無理をさせてしまったから」

どこか寂《さび》しげに呟《つぶや》く少女の横顔。

それを見たルクスは、不思議に思う。

ルクスから問い返すより早く、クルルシファーは言葉を紡《つむ》いだ。

持ち込んだワインを開けているせいか、頬《ほお》が微《かす》かに赤く染まっている。

「気づいてないのね。ルクス君らしいといえばらしいけれど――。私はあなたと、この旅で長い時間を過ごしたかった。だから、あの勉強会を長めにとってしまっていたのよ」

単純に、ハードスケジュールの状態で時間を作ろうとすれば、更に切り詰める必要が出てくる。

「それで、僕が疲れたと思って？」

「無意識のうちに――いえ、そういう言い方はずるいわね。私はあえてそうしていたんだわ。気づかないフリをしていたけれど」

「…………」

セリスと西方領へ向かったあと、クルルシファーは今までの勉強の遅れを取り戻すべく、積極的に講師役を務めてくれた。

確かに、ルクスも大変だったと言えばそうだが。

「――それは、違うよ。もともと士官候補生と国王の立場を両立するって決めたのは僕自身だし、クルルシファーさんは僕がそうできるように一生懸命協力してくれたじゃない」

それは、偽《いつわ》らざるルクスの本音だった。

さりげなく、二人きりの時間が欲しくてやや一日の勉強量は増えていたようだが。

そもそもクルルシファーのおかげで、勉強時間が短縮できていたのだから。

しかし、クルルシファーは困ったように笑う。

「ルクス君らしい答えね。けど――、私はあの勉強会をしながら思っていたのよ。あなたと、もっと長い時間を過ごしたいと。セリス先輩にあなたを取られてしまったと、内心不安を抱いていたのよ。きっと——」

「…………」

「あなたが国王になることについては、冷静なつもりで提案したのだけれどね。我ながら呆れてしまったわ。一番冷静に振る舞っておいて、誰よりも嫉妬《しっと》深かったのだもの。だから、これは自戒《じかい》を込めた償《つぐな》いなの」

「クルルシファーさん」

ルクスが国王となり、王妃《おうひ》としてリーシャを、残り四人の側室《そくしつ》を娶ることを提案したのはクルルシファーだ。

が、ルクスを独占したい気持ちが無意識のうちに湧いていたのだと——そう彼女は告白していた。

それを疲労でふらついているルクスを見て気づき、我に返ったのだと。

だから今——遺跡の中で過ごす時間を、ルクスの休息に与えていたのだと。

けれどルクスは、そうは思わなかった。

着せられていた白いローブ姿のまま、ドレス姿のクルルシファーの座る対面に向かう。

そして、もうひとつのグラスをネイに頼み持ってきてもらった。

「どうしたの？　わざわざ」

「僕もユミル教国の夜景を楽しもうと思って。せっかく、こんな宿を用意してくれるほど楽しみにしてくれたんだから」

「怒って、ないのかしら？」

クルルシファーはさりげなく目を逸《そ》らすが、ルクスはかぶりを振って応える。

「むしろ、感謝してるよ。僕が神殿での振る舞いをキチンとできたのは、クルルシファーさんのおかげだから」

ワイングラスを片手に、ルクスは微笑む。

「相変わらず、優しいのね。でも――だから不安だわ」

「え？」

「あなたがいろんな女の子から好かれてしまうのが。ずっと昔から、怖かった。あなたが好かれる人だと、わかっていたから」

「昔って、ええっと――!?」

「ほらね。鈍いでしょう？　あなたがバルゼリッドから私を救い出してくれたとき、『箱庭《ガーデン》』の方で孤独に打ちひしがれる私に声をかけてくれたとき、もうあなたのことが好きだったのよ」

そう告げるクルルシファーの手が、ルクスの頬にそっと触れる。

そして、静かに口づけた。

「クルルシファー、さん……」

「困ったものね。エインフォルク家に――、この時代の人々に受け入れてもらうためなら、完璧な人間を装えると思っていたのに。あなたのことになるとまるでダメになってしまうの」

そう、クルルシファーは自嘲《じちょう》気味に微笑む。

切なげな色っぽい笑顔に、ルクスの胸がトクンと高鳴る。

クルルシファーは、この『坑道《ホール》』でエインフォルク家に拾われ、周囲から腫《は》れ物に触るような態度で育てられた。

それは、クルルシファーの出自を他人に知られ、悪意ある権力者に利用させないための方策だったわけだが、それでも基本的に寂しさがあった。

頭のいい少女は、人に寄り添《そ》うことへの警戒心が誰よりも強かった。

ルクスを独占したいと無意識に思ってしまったということは、普段は誰よりも冷静な彼女の、寂しさの裏返しなのだろう。

怜悧《れいり》で、強くて、美しい完璧な彼女も、ひとりの少女なのだ。

そんな情熱的な想《おも》いを抱えた彼女を――。

ルクスを求めてしまう気持ちを、罪として感じてしまう不器用な少女を、ルクスはとても愛《いと》しく思う。

だから、隣《となり》に座るクルルシファーの細い身体を、しっかりと抱きしめて囁《ささや》いた。

「僕は、嬉《うれ》しいよ」

「え……？」

「クルルシファーさんが、そこまで僕のことを想ってくれて。だから、心配しないで」

「――それは、反則だわ」

と、ルクスの笑顔を受けて、クルルシファーは恥《は》ずかしげに頰を染め、顔を背ける。

「そんなことを言われたら、気持ちが揺《ゆ》らいでしまう。際限なく、あなたに縋《すが》りたくなってしまうもの」

「いいよ。少なくとも今は――二人きりなんだから」

「そう？　じゃあ、遠慮なく。側《そば》にいさせてもらおうかしら」

クルルシファーは席を寄せて、ルクスの隣に寄り添う。

そのまま、深々と降り積もる雪景色を見上げ、そっと腕と指を絡めた。

無音の時間が静かに流れる。

それでも、物足りなさや不安は欠片《かけら》もなく、満たされていた。

「――ずっと、ここに来たかったの。あなたと二人で」

「あはは、前回はその、結局みんなこの国に来ちゃったからね。あれはあれで賑《にぎ》やかだったけど――」

「それもあるけれど、ここは私の故郷だから」

「…………」

「形だけでも、報告したかったのよ。今の時代の人を、ちゃんと好きになれたって。もう孤独じゃなくなったって」

「よかった」

ルクスがふっと笑みを浮かべると、クルルシファーが更に頬を寄せてくる。

「――ありがとう、ルクス君。愛してるわ」

穏やかで、燃えるような想いが二人を包む。

気がつくと、天井に映し出された空は晴れ、目映《まばゆ》い太陽が高く昇っていた。

†

「それじゃ。二人とも、今回はお疲れ様」

翌日の正午過《しょうご》ぎ。

急いで遺跡調査を終えて、エインフォルク家の別宅に戻り、帰国の身支度を整えると――

わざわざ『七竜騎聖』のメルが見送りに来てくれた。

「その調子だと、ちゃんと仲直りできたみたいね」

「ええ――。あなたのおかげでね」

メルの指摘を受け、クルルシファーが微笑みルクスに腕を絡《から》める。

気づかないうちにルクスに無理をさせていないか――？　と、クルルシファーに忠告したのは、他でもないメルだったのだ。

「はぁ……。やっぱ言わなきゃよかったかしら。目の前でいちゃつかれるのって、すっごくイライラするわ」

微妙な呆れ顔で告げるメルを見て、ルクスは慌《あわ》てる。

「あの……クルルシファーさん。ここはまだ、一応公共の場だから――」

「あら、いいじゃない。私たちは正式な婚約者なのだし、何も問題はないわ」

「…………」

悪戯《いたずら》っぽく絡んでくる少女に対し、ルクスは苦笑する。

なんというか、クルルシファーらしい態度である。

久しぶりに、以前の彼女に戻ったような気がする。

「それじゃ、帰りましょうか？　新王国へ」

「うん」

「お嬢様をお願いいたします。ルクス様」

執事《しつじ》のアルテリーゼをはじめ、エインフォルク家の面々と挨拶をかわしたあと、ルクスたちは機竜を纏い出国する。

教国を出るなり、護衛として待機していた三和音《トライアド》は、げんなりとした表情を見せていた。

「どうして――あなたたちがそんなに疲れているのかしら？　昨日は一晩、ゆっくり休めたのではないの？」

予《あらかじ》め、遺跡に泊まることは三人には告げていたし、彼女たちはエインフォルク家の離れの屋敷に泊まっていたから、気疲れもないと思っていたが――。

「私たちもそう考えてたよ。あの人たち、一見クールでドライっぽい連中だと思ってたからさ――誤算だよ」

《ワイアーム》で雪原を滑走《かっそう》するティルファーが、長いため息とともに漏らす。

更にルクスとクルルシファーの隣で、宙を滑翔するシャリスも項垂《うなだ》れた。

「二人がいないうちに、続きの宴席に呼ばれてね。婚約者五名の中で、クルルシファー嬢がどんな立ち位置にいるのか、二人の評判はどうなのか、根掘り葉掘り聞かれてね」

「Yes.大変でした。いろんな意味で」

「…………」

ノクトですら恨みがましそうなジト目を向けてくるのを見て、ルクスとクルルシファーは状況を察する。

どうやら、ルクスとクルルシファーは思ったより、祝福されていたようだ。

「――私の家族には悪いことをしたわね。あまり話ができなくて」

彼らは多忙《たぼう》であろうルクスたちをわざわざ引き留めて、面倒をかけたくなかったのだろう。

けれど、気にはなっていたから、三和音《トライアド》が話の相手をさせられた。

結局、エインフォルク家の彼らは一見遠慮していたが、クルルシファーのことを心配していたと——どうやら、そういうことらしかった。

「困った人たちだわ」

クルルシファーが珍しく、屈託《くったく》のない表情で笑う。

「知らず知らずのうちに似るみたいね。血の繋がっていない家族でも」

「そうだね」

愛情深い癖《くせ》に、表面上は素っ気《そけ》ないフリをして悟らせようとしないところは、クルルシファーによく似ている。

遺跡から発見された旧時代の少女は、確かに今の時代に家族を得ていた。

「今度はちゃんとスケジュールをとって、私の家族につき合ってあげましょう」

「うん。今度はゆっくりできるように、僕も頑張るよ」

「——ありがとう。あなたとここに帰れてよかったわ」

クルルシファーは隣で滑翔しつつ、《ファフニール》の装甲腕を軽くルクスに差し出す。

対するルクスも軽く《ワイバーン》の装甲腕を伸ばし、機竜の手のひら同士を軽く合わせて微笑んだ。

「何故《なぜ》、二人きりで勝手にいい話にしているんだろうね」

「そーそー……。わざわざユミル教国にまで護衛についてきた私たちの立場って……。護衛すら結局してないし」

「Yes. 次からは二人に面倒を押しつけてやります」

「ちょっ……!?」

微笑み合うルクスとクルルシファーを尻目に、三和音《トライアド》が怨嗟《えんさ》の言葉を吐く。

三人を説得しようと慌てるルクスを楽しげに見つめながら、クルルシファーは蒼穹《そうきゅう》を飛ぶ。

この時代にはないと思いこんでいた、クルルシファーの居場所。

それがあることに、作れることに、ルクスはいつも気づかせてくれると思った。

「ねえ、ルクス君」

「ちょっ、クルルシファーさんも手伝ってよ。みんなの機嫌を直すのを――」

「――愛しているわ。大好きよ」

「………………」

頬を赤らめつつ、親愛の表情で微笑むクルルシファーを見て、ルクスも硬直する。

普段はクールな少女だけに、その顔が尚更《なおさら》胸に突き刺さった。

一瞬の間を空けたあと、それを見た三和音《トライアド》が距離を取ってヒソヒソ話を始めてしまった。

「あの、みんな――一応、僕の護衛をしてくれると……」

半日かかる新王国への帰路ですら、楽しくなりそうな予感がした。

Episode3　幼馴染みとの関係（フィルフィ編）

ユミル教国からの帰国後。

城塞都市《クロスフィード》で再び——学生生活に勤《いそ》しみながら、ルクスは次期国王としての公務をこなす。

数日単位で装甲機竜《ドラグライド》を飛ばし、どんなところへも半日がかりで移動するのだが——。最近は体力を温存するために、三和音《トライアド》に運んでもらうことも増えた。

そして今夜は、アイングラム商会で婚約発表会の夜会があるので、王都に向かわねばならない。

フィルフィとの結婚式は一応、二年生の進級後という予定だったが——その前にレリィがルクスを誘ったのだ。

当然だが、新王国における物資を仕切る都合上、商会との繋《つな》がりは重要である。

フィルフィの姉にして、アイングラム商会の総帥《そうすい》であるレリィならば、富豪《ふごう》や大商人たちに顔が利くため、一堂《いちどう》に集められる。

レリィとしては新たな国王となるルクスの名を広めつつ、フィルフィとの婚約を大々的に宣伝したいようだ。

そして、王都での夜会が開かれる。

新しくオープンした高級宿の大広間で――新王国や諸外国の富豪たちを集めた宴《うたげ》が始まった。

「新王国の英雄にして、初の男の国王陛下にご挨拶《あいさつ》を……！」

「この度はご婚約おめでとうございます。我が商会では――」

と、早くもルクスの前に行列ができんばかりの勢いで、豪商《ごうしょう》たちが挨拶に群がる。

たじたじになりながらも、ルクスはひとつひとつ対応していった。

（まあ、必要なことなんだけど、精神的に疲れる……）

国というのは、都合上――商会との協力が不可欠になってくる。

物資の確保、雇用情勢、物価の変動。

その力関係はどちらかが強過ぎてはいけないのだが――実際は均衡《きんこう》が保たれる方が珍《めずら》しい。

なにせ彼らは、下手《へた》な貴族連中よりよほど曲者《くせもの》なのだ。

当たり前だが、頭が回らなければ金持ちになどなれないし、その資本を維持または拡大できない。

よって、この手の知恵者との交渉は難航《なんこう》を極める。

商業をかじって間もないルクスを、あの手この手で騙《だま》くらかすことなど、朝飯前なのである。

知らぬ間に、彼らが大きく得をする契約を結ばされ、そういう状況を作られてしまう。

もちろん――レリィから助言を受け対策は講じているが、迂闊《うかつ》に話をすると呑《の》み込まれてしまいそうだ。

そういう有能な商人連中も厄介《やっかい》だが、ルクスにはもうひとつ悩みのタネがある。

それは主に、既得権益で儲《もう》けている連中であり、彼らは権力にすり寄り、法律で『勝つ仕組み』を構築することに全力を注いでいる。

そのやり方があまりに悪質な場合、国王であるルクスは彼らを懐柔《かいじゅう》すると見せかけて、彼らの既得権益の仕組みを壊さなくてはならないのである。

が、これは実質不可能である。

なまじ法としては相手側に正当性がある故に、突き崩すのが困難だ。

なので、更に既得権益を強める法案を通すためにすり寄ってくる彼らを、かわさねばならない。

強く否定と拒否をすればカドが立ち、今後の施策にも影響が出かねない。

この辺りのバランス感覚が難しく、レリィがちょくちょく理由を作って間に入ってくれた。

もちろん、レリィとて財閥《ざいばつ》の当主には違いないが――ルクスの国王としての考えを、最大限尊重してくれている。

（はず――だよね……？）

「あら？　その件は、我がアイングラム商会が受け持ちますわ。ええ、妹がもうじき嫁ぎますし――」

交渉しているレリィの笑顔を見ていると、若干の不安が込み上げてこなくもない。

もともと新王国はアイングラム商会とも繋がりが強かったが、フィルフィを娶《めと》ることになったおかげで、ますます力関係が傾きそうである。

簡単に言うと、アイングラム家の傘下《さんか》に入って甘い蜜《みつ》を吸おうと思う者が出るわけだ。

（でも、考えようによっては――、こっちの方が有り難いのかな？）

王国御用達《ごようたし》であるアイングラム財閥の当主《とうしゅ》であるレリィの元に、まず商人たちは挨拶をしに来る。

レリィを通じて間接的に、彼らの意志や動向を大まかにつかむことが可能になる。

問題は、レリィの動向次第とも言える。

フィルフィが幸せである限り、レリィもまた幸せであるということだ。

つまり、フィルフィとの関係がうまく行っている限り、彼女が非協力的になることはない。

そんな中、宴席の真ん中に純白のドレスを来た少女を見つける。

ポニーテールにした桜色《さくらいろ》の髪を持つ少女は、遠目からでも際立って美しかった。

「……あ、ルーちゃんだ」

「お疲れ様、フィーちゃん」

レリィとルクスが忙しいので、最初は夜会の席に、象徴のように立っていた。

宴席の豪勢な料理を黙々《もくもく》と食べ続けていたのが、いかにもフィルフィらしくて笑ってしまう。

他の商人や貴族に囲まれても、マイペースを貫いており、婚約に関する祝いに対して、『ありがとう、ございます』くらいしか返していない。

未来の王妃のひとりに対し取り入ろうとする下心で近づく商人など、とりつく島もなかった。

が、さすがのフィルフィもルクス相手には反応が違う。

いつも通りのマイペースな無表情だが、微《かす》かに口元が綻《ほころ》んでいる。

「一緒にご飯、食べよ。ルーちゃんの分、ちゃんと取っておいたから。ご飯食べないと、元気でないよ?」

「あはは……。ありがと、フィーちゃん」

料理の積み上がった大皿を片手に言ってくるフィルフィを見て、肩の力が抜ける。

国王としての責務を果たさねばならない場所においても、彼女がいてくれるだけで、いつでも普通のルクスに戻れる。

それに——少女は綺麗《きれい》だった。

遠くないうちに来る婚礼の式を意識しているのか、レースのついた純白のドレスに、ヴェールを被《かぶ》った姿は、フィルフィの透明感のある美しさを際立たせている。

幼馴染《おさななじ》みとしての懐かしさだけじゃなく、心が浮き立つような衝動《しょうどう》が湧《わ》く。

「ルクス王。我が商会の事業の件ですが——」

「輸入品の関税についてですが……」

しかし、ルクスは再び来客に囲まれ、夜会の席では忙殺《ぼうさつ》される。

それでも隙《すき》を見てフィルフィと適度に話すだけで、力を抜いて息抜きができた。

†

アイングラム財閥ほどの商会となると、その取引相手並びに関係者も多岐《たき》に亘《わた》るようだ。

続々と新たな客が訪れ、ルクスたちの元へやってくる。

レリィはもともと商人だから対応に慣れているが、ルクスは苦手なために疲れが溜《た》まってくる。

そんな中、ワインを飲んで赤くなっていたフィルフィが、ふらつきながらルクスの元へやってきた。

「ルーちゃん。なんか、眠くてくらくらする」

「大丈夫⁉　フィーちゃん？　……あの、すみません。彼女の具合が悪そうなので、席を外させていただきますね」

――と、周囲に群がっていた客人たちを振り切って、フィルフィを宿の休憩室に連れて行こうとする。

ルクス自身も疲れていたが、フィルフィに肩を貸して外へ出たあと、豪奢《ごうしゃ》なデザインの廊下にて辺りを見回す。

「ええっと、確か、空いてる休憩室の場所は――」

「別に、探さなくていいよ？　道ならわかるから」

ルクスが案内人を捜そうと辺りを見回した直後――、今まで力を抜いていたフィルフィが背筋を正し、逆にルクスを軽々と持ち上げた。

「それってどういう――……わっ⁉」

突然の出来事に戸惑うルクスを抱きかかえて、フィルフィはオーナー用の部屋に入り込む。

その後、豪奢なドレスを脱ぎ去ると、下着姿のまま着替えを始めた。

どうやら、フィルフィ自身は具合が悪くなったわけでも酔ったわけでもなく、ルクスを宴席から連れ出すために一芝居《ひとしばい》打ったようだ。

「ちょっ⁉　下着見えてるって！　なんでいきなり着替えなんて」

「ルーちゃんの分も、用意してあるから。外にいこ？」

と、ルクスにも礼服とコートを投げて寄越《よこ》す。

「え……？　これから？」

「うん。お仕事はもう終わり」

あっという間に町娘の格好に着替え終えたフィルフィとともに、高級宿の夜会を抜け出す。

そしてルクスは誘われるままに、王都の町並みへと繰り出した。

†

王都の夜の町並みは明るい。

ラフィ女王の病死が伝えられてから数週間経《た》ち、少しずつ喧噪《けんそう》は戻り始めている。

リーシャがルクスを新たな王に据《す》え、王女の意志を継ぐと宣言したからだ。

もちろん、病死というのは表向きの理由で、『聖蝕《せいしょく》』に取り憑《つ》かれた件は伏せてある。

あの凄惨《せいさん》な事件を、これ以上民に広めて不安を煽《あお》る必要はない。

だから、表向きは平和のままだ。

だが、平和を維持することがいかに難しいのかを、ルクスは知っている。

それでも――この夜景は格別だった。

「あの、フィーちゃん。なにがあったの？　具合が悪かったんじゃ……」

「ちょっとあの大広間で、誰かに狙われてる気がしたから」

「……えっ⁉」

と、ルクスはフィルフィの発言に驚く。

夜会の最中、《ドレイク》の探査装置《レーダー》で建物の周囲は見張られ、三和音《トライアド》も護衛についていたはずだが——その警備をかいくぐってきたのだろうか？

「でも、気のせいだった。たぶん……」

今のルクスは、世界の危機を救った英雄というだけではない。

旧時代の遺産が眠る『大聖域《アヴァロン》』の秘密にもっとも近づいた人間だ。

『大聖域《アヴァロン》』は表向き、破壊され跡形もなく消えたことになっているが——本当は隠し場所があるのではないかと、ルクスの身柄を狙う賊《ぞく》も絶えないだろう。

そういう意味では、やはり平和といっても警戒が必要である。

そして、幻神獣《アビス》の影響は取り除かれたフィルフィだが、持ち前の勘《かん》の良さとマギアルカ直伝《じきでん》の武術はなおも健在だ。

そのフィルフィが言うのだから、なにか危機が迫っていた可能性もあるが——ルクスには心当たりがあった。

というわけで、ひとまずは問題なかったのである。

「はい。ルーちゃんは、これで隠して」

歩きながらフィルフィが、ルクスに帽子《ぼうし》と、マフラーを手渡してくる。

ルクスの目立つ銀髪《ぎんぱつ》を、なるべく隠そうということなのだろう。

「ええっと、本気で行くの？」

「あとで、お姉ちゃんの宿に戻るから。それまで遊ぼ」

「いいのかなぁ……。出てきちゃって」

　一応は、ルクスとフィルフィの婚約のお披露目会《ひろめかい》だったというのに。

　まあ――純粋な祝福というより、商売上の話が圧倒的に多かったわけだが。

「あんまり真面目に相手しなくていいと思うよ。疲れちゃうし」

「あれくらい平気だよ。レリィさんにもあしらい方は教わったしさ」

　ルクスは苦笑して強がるが、フィルフィは透き通った瞳《ひとみ》で、じっとルクスの目を見つめる。

「やっぱり無理してる。嘘《うそ》ついちゃ、ダメ」

　なんでわかるんだろう。

　と、ルクスは内心焦《あせ》る。

　いや――本当にうまくやれているつもりだったのだ。

　だが、フィルフィに違うと言われてしまうと、やっぱり無理をしているような気もしてくる。

　彼女は時として、有無《うむ》を言わさぬ強さがあるのだ。

「それに、これも王様の仕事だよ」

「え？」

「城下町で、普通の人みたいに買い物してみるのも」

「あはは……」

　一応の言い訳を考えているフィルフィが、ちょっとだけ面白い。

これも彼女らしい成長かもしれない。

そっと少女の手が、ルクスの手を取ってくる。

幼い頃から、こうして何度手を繋いだだろうか。

その手の温かさに、懐かしい感覚に、ほっと安堵《あんど》の息が漏れる。

「うん。行こっか、フィーちゃん」

自然と、ルクスの口元が綻《ほころ》んでいた。

†

冬の夜の、雪が舞い散る王都の夜景を、ルクスはフィルフィと並んで歩く。

「寒いから、もっとくっついて歩こ？」

「うん……。そうだね」

肩を寄せると少女の身体は温かく、繋いだ手の感触が心地よい。

先ほどまで、あれほど気を張っていた心が、身体がほぐれていく感覚がする。

露天で商品を眺《なが》め、酒場で先ほど口をつけなかった酒を呑んだあと、二人でただ町並みを歩いていく。

仕立屋で私服を選ぶときは、アイングラム系列の店で、お忍びということを伝えると、驚くほど店員の物わかりがよかった。

どうやら、レリィの妹に対する溺愛《できあい》っぷりは、商会でも周知の事実のようだ。

ループされた三日間のパレードの日。

フィルフィは心臓《しんぞう》に根を張った幻神獣《アビス》の影響により寝込んでいた。

それでもルクスに心配かけまいと、自分の想《おも》いを伝えずにいてくれたのだ。

ルクスはきっと、フィルフィに負い目を感じるから。

彼女はそう言って、ルクスの幸せだけを考えようとしてくれた。

「そういえば。ルーちゃんは、よかったの？」

時間の切れ目がやってくる。

遅くまでやっている店は酒場以外ほとんど閉まってしまい、夜の世界に取り残されそうになったとき。

レリィの高級宿に戻ろうとして、ふいにフィルフィが尋《たず》ねてきた。

「……？」

問いの意味がわからず、ルクスは僅《わず》かに首を傾げる。

すると、予想もしなかった一言が飛んできた。

「わたしとも、結婚することにしちゃって」

「――――」

幼馴染みの少女は、いつも通りの口調と表情で告げる。

クルルシファーが、五人を同時に娶ることを提案したとき、フィルフィは肯定も否定もしなかった。

ただ、そうすることが当然のようにしただけで。

ルクスもあえて、彼女の意志を確認したりはしなかった。

けれど、そのときは否定しなかったフィルフィが、何故《なぜ》今になってそんなことを聞くのだろうか？

「フィーちゃんは――」

「…………」

ルクスは問いかけようとして、口籠《くちご》もる。

自分を見つめる彼女の穏やかな眼差《まなざ》しを見て、心が震えた。

ああ、と。

しばらくして、ようやくルクスは、フィルフィから何を聞かれているのかに気づく。

彼女は、いつも言っていた。

自分という存在に縛られなくていいのだと、彼女は言ってくれていた。

幼い頃の出来事に、これ以上恩義を感じなくていいのだと。

ルクスを救ってくれたことに、ルクスがフィルフィを助けられなかったことに、負い目など感じなくていいと。

気兼ねなく、ルクス自身の幸せをつかんで欲しいと、心からそう思ってくれた。

あの三日間のループでそれを知ったルクスは、ますますフィルフィを放っておけなくなった。

あのときに、気づいた。

ルクスはフィルフィを愛しているのだと。

けれどルクスもまた――自分に縛りつけてしまうのが怖くて、いつまでも自分の安らぎである象徴がなくなるのが怖くて、想いを口にできなかっただけなのだと。

けれど、フィルフィはそんな幻神獣《アビス》の種すら、『洗礼《せんれい》』の力によって消してくれた。

彼女の命を脅かすものはなくなった。

ルクスの気持ちを恩義で縛りつけたくないと、彼女は言っていたのだ。

「フィーちゃんは――」

『僕と結婚するのは嫌だった？』

最初はそう言おうとしていたルクスだが、言葉を変える。

出てきた言葉が、夜の虚空《こくう》に流れ出た。

「どうして僕のことを、そんなに気にかけてくれたの？」

「…………」

きょとんとした目で、フィルフィがルクスを見つめ返す。

その答えは、問う前に半分ほど知っていた。

幼いときに知り合って、ルクスは兄弟から陥《おとしい》れられようとしたフィルフィを庇《かば》った。

フィルフィはそのときルクスの優しさを見抜き、信頼してくれた。

旧皇族の末弟で、友達などいなかったルクスの側にいてくれた。

母を事故で失ったあとは、ルクスの元に足繁《あししげ》く通ってくれた。

フィルフィの一途《いちず》な優しさ。

それに、ずっと救われてきたのだ。

孤独だったルクスは、その思い出を支えに生きてきたのだ。

「どうして僕に、そんなに優しくしてくれたの？」

ある意味で不思議だった。

けれど、きっと彼女にとっては『当たり前』だから——尋ねることも、考えもしなかったことを、今聞いてみる。

「わかんない。別に、理由なんてないけど」

意外にも真顔のフィルフィから、即座に返事がくる。

「たぶん。わたしがそうしたかったからだよ」

そう、微笑《ほほえ》んでくれた。

嘘偽りない答えだと、彼女は言っていた。

ルクスに対する同情でも、彼女自身の博愛的《はくあいてき》な優しさでもなく――。

側にいたいから、そうしてくれたのだと。

（ああ――）

と、フィルフィの声を聞いて、ルクスは腑《ふ》に落ちる。

理由がなければ不安に思ってしまうのが、そもそもの間違いだったのだ。

理由ならずっと、見えないいだけで初めからあったのだから。

「……うん。僕も、そうしたいから。フィーちゃんにずっと、側にいて欲しいから」

「おんなじだね。わたしたち」

フィルフィがそう告げると、距離が更に縮まる。

お互いに姿を隠したまま、人気のなくなった王都の夜の町並みで、時間が止まる。

理由などいらない。

理由をつけてしまうのは、お互いが特殊な立場や生い立ちだったせいだ。

けれど――いろんな事情が積み重なるうちに、なんらかの事情で側にいただけと、理由を作り、疑いを抱いてしまっていただけだ。

ずっと昔から、いつしか彼女のことが好きだったのだと、それだけでいいのだと、心が通じ合った。

†

買った荷物を持ち帰り、高級宿に戻ると、既に夜会は終わっていた。

が、ルクスとフィルフィが二人きりで出かけていたことを知っていたレリィは上機嫌である。

なお、護衛の三和音《トライアド》からは、護衛対象が逃げてしまったので暇だった、と。恨みがましい目で見られたりした。

とはいえ――安全面に関しては問題ないだろうとルクスは思う。

変装のおかげ……というわけではなく、夜会の途中でフィルフィが感じた気配から、なんとなくそう予測していた。

ルクスの感じた心当たり――おそらくそれに間違いはない。

「あらあら？　こっちの宴席より、よっぽど楽しかったみたいねフィーー。ちゃんとルクス君をエスコートできた？」

レリィは、二人の帰りをずっと待っていたのだろう。

酔っ払った赤い顔で、フラフラになっていた。

「お姉ちゃん。飲み過ぎ」

「いいじゃなーい。なんであれフィーが、ルクス君と結ばれたんだから。こんなにおめでたい日はないわ。本番の結婚式のことも、いろいろと考えてるから――」

「あははは……」

イベント好きなレリィのことだから、何かとんでもないことをしそうで若干の不安がある。

それでも、フィルフィと一緒なら、きっと楽しい気がした。

「あとは、お風呂《ふろ》も試運転で用意しておいたから。三和音《トライアド》たちが先に入ってたけど、今は貸し切りよ」

「わかりました。頂きます」

なんだかんだいって、外は寒かった。

しかも、温泉が出る位置に宿を作ったらしく、その点も楽しみだ。

そのまま酔い潰れて寝てしまったレリィと別れ、一階の大浴場へ、フィルフィとともに向かう。

「フィーちゃんが先に入って、僕はあとからで大丈夫だから――」

「……？　どうして」

フィルフィの身を気遣ってルクスがそう言うが、ぼーっとしたいつもの表情と口調で返されてしまう。

「いや、二人一度には入れないし」

「お風呂、広いよ？」

「えっ……⁉」

「わたしたち、婚約者……に、なったんだよね？」

じっと、フィルフィの無垢《むく》な眼差しがルクスに向けられる。

対するルクスは、何も言えずに固まった。

婚約しており、気持ちが通じ合っており、しかも二人きりとなれば——何も断る理由はない。

強いて言えば、刺激が強過ぎる上に、気恥《きは》ずかしかったからだが。

「え、じゃあ、その。入ろっか……？」

あえて、ルクスは気合いを入れて応える。

もう、ただの幼馴染みという曖昧《あいまい》な関係ではなく、フィルフィを恋人として、婚約者として認めたという意志を、彼女にも示してあげたかった。

「——あ、このお風呂。明かり控えめで、暗いまま入ることもできるんだって」

「そ、そうなんだ。それじゃ大丈夫かな……」

内心ルクスはホッとする。

フィルフィより先に脱衣所に入り、浴場へ向かうと確かに薄暗かった。

手元を確認できる僅かの距離しか、先が見通せない。

淡いオレンジのランプに照らされた浴場は、広く穏やかなムードだった。

（落ち着け——今の僕とフィーちゃんの立場なら、何もおかしなことはないんだから……）

と、自らに言い聞かせている時点で、精神的に焦りまくっているも同然なのだが——深く考えないようにした。

ある意味では、今まで止まっていた関係が、最後まで進んだわけだから、動揺《どうよう》しない方がおかしいのだが。

ガラリ。

洗い場で軽く身体を流したところで、フィルフィが入ってくる。

薄暗いために見えないと安堵していたルクスだが――、薄闇に隠されたそのシルエットに、心臓がドクンと高鳴った。

肉づきのいい、女性らしさを象徴する曲線。

それでいて、武術を習っているためか引き締まった身体。

薄地のタオル一枚に隠されている豊かな胸は、否《いや》が応でも気になってしまう。

以前も一度――レリィの策謀で一緒に風呂に入ったことがあったが、あのときより更に魅力が増している。

そして、偶然の事故だったあのときとは違い、今はお互いが納得の上で、この時間を共有しているのだ。

そう考えると、まだお湯にも浸《つ》かっていないルクスの頭に急激に血が上っていった。

「やっぱり広いね、ここのお風呂」

「そ、うだね……」

フィルフィから視線を逸《そ》らしつつ、ルクスがぎこちなく声を上げる。

洗い場でゆっくりとお湯を浴びたあと、フィルフィは座って身体を洗い始めた。

(ハァ、危なかった……!)

恋人になったあとで意識すると、こんなにも違うのか。

深呼吸をしつつ、ルクスは一度湯船に浸かる。

湯船に流れ込む温泉の水音。

ランプの明かりが薄暗い浴場を照らし、フィルフィをなお神々《こうごう》しく、美しく見せている。

「ルーちゃんは、身体洗わないの?」

「ん、いや……。もうちょっとしてから——」

そう言って、ルクスは湯船に浸かり、目を閉じたまま力を抜く。

フィルフィが戻ったのを確認してから、ルクスも洗い場に向かった。

(でも——なんていうか、懐かしいな)

幼い頃は、レリィの家で一緒に風呂に入ったこともあった。

あのときは、家柄や立場の違いなど気にせず、楽しくやれた。

「ルーちゃん。背中、流してあげるね」

「うん。ありがとう」

前を洗いながら、ルクスは反射的に頷《うなず》く。

（そうそう、確かこんなやりとりが前にも――……って!?）

気づいたときは遅かった。

気配を出さず近づいてきていたフィルフィが、背後からルクスの背中にタオルを当てていたのだ。

もちろん――全裸である。

申し訳程度に胸元は隠れているが、隠しきれないボリュームがある。

「ちょっ、フィーちゃん!?」

「……？　なに？」

「な、なんでもないっ！」

思わず振り返ったルクスは、慌《あわ》てて裸を見ないように顔を前に戻す。

浴場の熱気でほんのりと朱《しゅ》に色づいた頬《ほお》のまま、フィルフィが首を傾げていた。

（まずい……！　薄暗いとはいえ、ここまで近づくとさすがに見える……！）

更に、ルクスの目が薄闇に目が慣れてきたこともあり、ほとんど普段と変わらないくらい見えてしまう。

ごしごしと洗われる感覚、そして、タオル一枚越しに時折触れるフィルフィの膨らみを背中に感じ、あっという間にルクスの頭が茹《ゆ》だってしまう。

「なんだか……。懐かしいね」

しみじみと、どこか嬉《うれ》しそうな声音でフィルフィが呟《つぶや》く。

本来は寡黙《かもく》な彼女が、いつになく饒舌《じょうぜつ》になっている気がした。

「きょ、今日はその……珍しく行動的だよね。フィーちゃん」

興奮に満たされた意識を逸らそうと、ルクスは笑顔で話題を振る。

すると、目の前の鏡越しに移ったフィルフィが、微《かす》かに顔をうつむかせた。

「…………。そうかも」

フィルフィは一瞬手を止め——すぐに顔を上げ、はにかむ。

洗い場の鏡越しに、ルクスの顔を見つめてくる。

「きっと。ルーちゃんが選んでくれて、嬉しかったから。浮かれてるのかな」

「……ッ!?」

フィルフィが胸元で手を合わせ、微笑んでいる。

ルクスは——初めて見た。

感情表現が苦手で——でも、意志は強く自分を曲げない少女が。

幼馴染みで、ずっと前から知っている少女が、そんな顔をしているのは。

「わたしと一緒にいたいって、言ってくれたから」

ぎゅっと、背中に抱きついてくる。

泡で滑らかに滑りつつ、少女の体温と匂《にお》いと柔らかさが、ルクスの理性を溶かしていく。

「ありがと、ルーちゃん。大好きだよ」

「――――」

ルクスの視界が、真っ白に染まる。

「フィー、ちゃん……」

ずっと幼馴染みの少女に対して、秘めていたルクスの想い。

それが爆発するように膨れ上がった。

湯煙の中に意識が溶け込む。

そのまましばらく、二人は薄闇の広い大浴場の中で時間を過ごした。

†

「ちょっと、のぼせちゃったね」

「うん。僕も……結構」

フィルフィが呟くと、ルクスも苦笑しつつ頷いた。

ゆっくりと火照《ほて》った息を吐きながら、二人は寄り添《そ》うような格好で、寝室のソファーに座り込んでいる。

純白のバスローブを纏《まと》った身体からは、まだ蒸気が立ち上っていた。

今までと少し違う、妙な気恥ずかしさ。

同時に、以前にも増して親密になった心地よさを——踊り出したくなるような喜びを感じている。

ずっと、フィルフィと結ばれたかったのだと——恋人になった今だからわかる。

「王様になるの。これから大変だね」

「うん。でも——頑張《がんば》るよ。僕が望んだことだから」

フィルフィの問いに、ルクスは力強く頷き返す。

皇子《おうじ》だったルクスが革命を志したきっかけ。

男尊女卑《だんそんじょひ》の風習を覆《くつがえ》し、アイリやフィルフィが安心して暮らせる国を作る。

その夢は形を変えて、今も続いているのだから。

「うん。がんばろ。みんなで」

ランプに照らされた薄闇の中、フィルフィが微笑みかけてくれる。

もうルクスの夢は、ルクスひとりのものじゃない。

今は——それを支えてくれる仲間がいる。

その繋がりこそが、この一年もの戦いでルクスが得られた一番のものだと知った。

「そういえば、さ」

「……？」

気怠《けだる》げな感覚が全身を包む中、ルクスはふいにそう口走る。

「フィーちゃんは、なにか欲しいものはない？　その、もうすぐ誕生日だし――」

フィルフィが特別な立場にあったルクスに寄り添ってくれたのは、単なる憐憫《れんびん》の情ではない。

あくまでも彼女自身の気持ちと意志だと聞いていた。

それでも――感謝の意志を示したかったルクスは、自然とそう尋ねていた。

「…………」

フィルフィはきょとんとした真顔のまま、その問いに考え込む。

数秒後、いかにも彼女らしい返答がきた。

「特にないけど。できれば――そのときは会いに来て欲しい、かな」

「……そっか」

ようは、ルクスが送る物ならばなんでもよいのだろう。

けれど――普段は物欲などないに等しいフィルフィが、ルクスに来て欲しいと言ってくれたことが嬉しかった。

「でも、他に要望はないの？　僕にできることなら、したいんだけど――」

しかし、それなりのことはしてあげたいと思い、あえてルクスがそう聞くと。

「ルーちゃんの赤ちゃんに、早く会いたいな」

「……ッ!?」

平然と。
しみじみとした親愛の笑顔で、フィルフィはそう告げてくる。
その一言を聞いたルクスは、瞬時に顔が真っ赤《まっか》になった。
長湯でぼうっとした頭が、更にくらくらする。
少女への愛しさと幸福感に包まれ、意識が遠のいた。

――翌朝、レリィの経営する宿を出て、城塞都市《クロスフィード》に向け出発する。
ずっと変わらないルクスとフィルフィの関係が、変わらないまま進んだ心地よさを感じながら、蒼穹《そうきゅう》を飛んで学園に戻った。

Episode4　妹は新たな夢を見る（アイリ編）

時間が少し遡《さかのぼ》る。

ルクスが一時的に国王の座に就き、五人の妃《きさき》を迎えることに決めた日の数日後。

『古代《こだい》の森《もり》』にて、フギルとの決着をつけた戦後処理を行いつつ、ラフィ女王《じょおう》の後任を話し合っていたその頃――。

学園の医務室で、アイリは寝込んでいた。

「ん……。うう……」

全員が一丸となって臨《のぞ》んだ、『大聖域《アヴァロン》』を巡《めぐ》る決戦。

アイリも参戦していたわけだが、戦いが終わってからいったん回復したあと――また体調が悪化して寝込み、未《いま》だにベッドから出られなかった。

医務室に常駐《じょうちゅう》している女医《じょい》もいるが、基本的にはノクトが付き添《そ》っていることが多い。

今もつきっきりで看病《かんびょう》をしてくれていた。

「――アイリ、今日の身体の具合はいかがですか？」

「寝ていれば、治ります……。たぶん」

倒れた理由は、ルクスが五人の妻《つま》を娶《めと》ることになった精神的ショック——ではなく、あの決戦で長時間、神装機竜《しんそうきりゅう》《ヨルムンガンド》を使用したことによる反動だった。

精神的疲労、及《およ》び全身筋肉痛で身体がろくに動かせない。

機竜を連続使用した副作用で、熱も出ている。

ここ数日、起きていられる時間はごく僅《わず》かで、身の回りの世話はノクトに全《すべ》て頼んでいる。

「まったく我ながら、無茶をしたものです……」

機竜使い《ドラグナイト》としては、適性値以外まったくの専門外であるアイリだったが、ルクスをサポートするために、対フギルの切り札として自ら参戦することを望んだ。

結果的に言えば、その判断は成功した。

アイリがいなければ——あの戦いで勝利を収めることはできなかっただろう。

しかし、その代償《だいしょう》は大きかった。

設置型の神装機竜であるが故に、あのとき一歩も動かなかったはずなのに、纏《まと》っていただけで相当に体力を消耗していたのだ。

ひとまず言えることは、アイリはもう二度と機竜は纏わないであろうということだ。

機竜の操作に体力はほとんど関係しないと思っていたが、やはり基本的な身体能力も必要不可欠なのだ。

そういう意味では、セリスが学園最強と呼ばれていたことにも納得がいく。

とはいえ、五体満足で後遺症も残らなければ、十分に幸運だろう。

実際にそれほどの戦いだったし、ルクスを救えたことには満足している。

——が、それはそれとして、ベッド上の日々は退屈極まりなかった。

「ところでノクト、兄さんのスケジュールはどうなって……ますか？」

「アイリの意向通り、無茶過ぎない程度にハードな予定をこなしています。心配無用です」

「護衛は……。どうなってるんですか？」

「Yes.それもアイリの考えた通りにしています。私を除く三和音《トライアド》——シャリスとティルファーが側《そば》にいますし、それに——」

「じゃあ、大丈夫ですね。そろそろ私も、自分のことを考えないと——」

「アイリ……」

ほっと安堵《あんど》の息を漏らしつつ、アイリは呟《つぶや》く。

頭を冷やすためのタオルを換えつつ、ノクトはなにも言えなかった。

ルームメイトとして、親友として、アイリの動向をずっと側で見てきた仲だ。

ルクスが危険に身を投じることすら不安がっていたアイリが、最後の決戦に無茶をしてまで臨んだのは、ルクスを死なせないためだった。

けれどそのおかげで、ルクスは王として新たな道を歩き始めてしまう。

一年務め上げて学園を卒業したあとの予定は決まっていないが、もはや咎人《とがびと》の首輪《くびわ》はない。

「私も自由になれましたし……。もっと勉強して、文官《ぶんかん》として王都で雇ってもらいましょうかね」

「…………」

冗談めかしてアイリは言うと、疲労でそのまま寝入ってしまう。

ルクスとともに、自由を勝ち取るためにアイリは戦ってきた。

装甲機竜《ドラグライド》をうまく操れなかったアイリは、遺跡に関する知識を学び、文官としての実力を発揮した。

ルクスにかけられた多額の借金は、このような世界規模の危機を救って英雄となること以外には取り消せなかっただろう。

が、目標を達成したと同時に、アイリ自身も目標を失ってしまう。

咎人であるアイリは、ルクスとともに、今をどう生き延びるかだけを考えていたからだ。

そんなアイリの気持ちを知っているからこそ、ノクトは何も言えずにいた。

ルクスと王妃たちの結婚もめでたいことだが、兄を取られてしまったようで寂《さび》しいのだろう。

それでも、ルクスの幸せを考えて何も言わずにいる。

「アイリ——立派ですよ。あなたは」

アイリが寝入ってしまったところを眺《なが》めつつ、ノクトは呟く。

「できれば最後まで、あなたとルクスさんにお仕《つか》えできればと思います」

誇り高き友人にそう呟くと、ノクトは一度その場を離れる。

そして、アイリは夢を見た。

†

五年前の――王都の修道院にて。

ルクスとアイリは、革命のあとに初めて再会した。

『――アイリ。大丈夫だった⁉ 身体の具合は……？ ご飯食べてる？』

木造の古びた談話室でルクスと再会したときのことを、未だにアイリは夢に見る。

革命に成功した――いや、成功したことになったクーデターが終わった三ヶ月後。

ルクスは修道院にいたアイリの元に会いに来た。

皇帝の死後――ラフィ女王から恩赦《おんしゃ》を受けて咎人となり、処刑を免《まぬが》れたルクスは、一度アイリと別れさせられた。

表向きの事情としては、ルクスが旧帝国の罪を償《つぐな》う象徴として、『雑用王子《ざつようおうじ》』としての立場に置かれること。

そして、病弱であったアイリは修道院に軟禁《なんきん》される生活を送る。

実質上の人質として生きることだ。

おそらくは一生――。

運が良ければ、死ぬ直前には咎人の首輪を外されるのではないかとの噂《うわさ》を、アイリは修道院で耳にしていた。

運命で未来を縛られる、絶望の淵《ふち》にいた。

そんな兄が、数ヶ月に一度面会を許され、慌《あわ》ててやってきたのだという。

アイリを守るために、若干《じゃっかん》十二歳でありながら機竜の訓練を重ね――、革命に挑んだだけでなく、咎人になってしまったルクスのことで、修道院にいたアイリは心を痛めていた。

（私のせいで――。兄さんをあんな目に遭わせてしまった）

永久に咎人として借金を背負わされただけでなく、雑用王子として、国中の晒《さら》し者にされてしまった。

そのことに心を痛めながらも、アイリはルクスを助けられず、辛《つら》さを押し殺してきた。

更には再会したいと強く願う一方で、会うのが怖い気がした。

雑用王子となったルクスが酷《ひど》い目に遭わされていたら――あるいは人質となったアイリを恨んでいたら。

優しい兄に限ってそんなことはないと思いつつも、周囲の噂は残酷《ざんこく》だったからだ。

だが、そんなアイリの不安は杞憂《きゆう》だった。

兄は以前と変わらぬ純粋な優しさを、親愛の笑顔を自分に向けてくれた。

『兄さんの方こそ、ちゃんとご飯くらい食べてください。ボロボロですよ』

『いや、これはただ——直前まで仕事してて。こんな身なりで、ごめんね』

当時のアイリより、遥《はる》かに劣悪《れつあく》な境遇にいながら、弱気なところをまったく見せなかった。

アイリを心配させまいとしていた。

そのことに気づき、涙が出そうになったことを覚えている。

アイリは、幼い頃に病で苦しみ、母親を失い、皇族としては末端《まったん》であり、革命が起きてからは咎人となった。

運命に翻弄《ほんろう》されてきたアイリの中で、ルクスの存在がどれほど助けになっただろう。

おそらく、この兄がいてくれなければ、比喩《ひゆ》でなく死んでいた。

『私は元気でやっています。皆さんも良くしてくださいますし——。だから兄さんも、自分の身体を大事にしてください』

対するアイリは、お淑《しと》やかな令嬢の笑みを作って、ルクスの鼻をつついた。

『今度会うときは、兄さんの身なりと体調をチェックしてあげますから。私に言い負かされないように、注意してくださいね』

『あはは……。アイリには、敵《かな》わないな』

苦笑するルクスに対し、アイリは得意げにそう言う。

初めは孤独で、不安で泣き出しそうだった自分の中に、熱い火が灯《とも》った気がした。

本当は――ルクスに側にいて欲しかった。

泣き言を言いたかった。

けれど――そんなことではダメだと、兄の姿を見て勇気が生まれた。

（私の大切な兄さんを助けるためなら――どんな苦労だってこなしてみせる）

その日以来、アイリは強くなった。

病弱だった身体を引きずることもなくなり、今まで以上に必死で勉学に励《はげ》み、周囲とも努力してうまくやった。

もっと会いたい、一緒にいたいと思ったこともあったが、甘えずに自分を鍛えてルクスを幸せにしようとした。

ずっとルクスは、妹であるアイリのために戦ってくれた。

命を賭《と》して、時間をかけて自由にしてくれた。

だから、これでよかったのだ。

これからは、ルクスにはルクスの幸せを優先して欲しい。

王妃《おうひ》が多いのはトラブルが心配だが――あの五人ならばなんとかなるだろう。

女性関係については、いくらでも困ればいいと思う。

ちょっと意地悪かもしれないが、そこまでアイリは面倒を見きれない。

だけど、国王になったあと、他のことについてならば、どこまでもアイリは力になるつもりだ。

だから――。

（幸せになってください。私のためじゃなくて、これからは兄さん自身のために）

夢現《ゆめうつつ》の中で、アイリはそう語りかける。

いつしか、完全に意識が落ちていた。

†

「ん……、ん」

目を覚ましたアイリは、薄目を開ける。

いつもの朝。

熱も残り、身体は相変わらずだるいが、少しずつ良くなっている実感はある。

（懐かしい夢を、見てしまいました……）

校舎から女生徒たちの声が聞こえてこないことで、休日だということにアイリは気づく。

更に今は朝食の時間らしく、料理の香りが流れ込んでくる。

女医は休日だからいないようだが、ノクトが代わりに看護をしてくれる予定なので心配はしていない。

暖炉《だんろ》にも火が入り、部屋は暖められている。

親友の心遣いにほっとしつつ、アイリは医務室で目を閉じる。

しばらくすると、ガラリと部屋のドアが開いた。

滑車《かっしゃ》つきのトレイを押す音とともに、食欲をそそるいい匂《にお》いが漂《ただよ》ってきた。

「お腹《なか》が空《す》きました。早く食べさせてください、ノクト。まだ身体が思うように動かないんですから――」

「ごめん。ここの調理場ってあんまり使ったことなかったから。つい遅くなっちゃって――」

アイリがそう言って、ノクトに甘えようとすると、そんな少年からの返事がくる。

予想だにしていなかった現実に、アイリは数秒ほどベッドの中で考え込んだあと、跳ね起きようとした。

「……ッ!?」

が――、まだ身体が重く、自分の力ではすぐに起き上がれない。

けれど、誰がいるかは声でわかっていた。

なんとか、全身の力を振り絞ってベッドに手をつき半身を起こす。

すると、制服の上に淡いピンク色のエプロンを身につけたルクスが、ノクトの代わりに給仕《きゅうじ》の支度《したく》をしていた。

「――なっ⁉」

「軽い食べ物なら平気って聞いてたから、スープを作ってきたけど、食べられそう？」

「なにしてるんですか兄さんっ⁉　今日はまだ王都にいるはずでしょう⁉」

現実の光景が夢でないかと疑いながらも、アイリはくってかかる。

アイリが把握しているスケジュールでは、まだ王都での視察の予定があったはずだ。

よしんば早めに仕事が終わったとしても、今日の昼過ぎに学園に戻ってくるなどあり得ない。

その後は一日――久しぶりの休養日だったと記憶している。

「アイリ……。倒れてるのに、僕のスケジュールまで把握してるんだ。そんな無茶しなくていいから、今は忘れてゆっくり休もう」

「……あのですね。兄さん」

アイリは寝間着《ねまき》姿のまま、額《ひたい》に手を当ててため息をつく。

「今が一番大切なときなんですよ？　ラフィ女王が不在となり――新たな国王に立候補したのは兄さん自身でしょう？　こういうときにしっかりやらなければ敵を作りますよ。舐《な》められますよ」

アイリがため息交じりにジト目を向けると、ルクスは苦笑しつつ、

「しっかりやってきたよ。予定より早く終わったから戻っただけ。ちょっと、装甲機竜《ドラグライド》を飛ばしたから、早く帰って来られたんだよ」

「なら、尚更《なおさら》私の看病なんてしてる場合じゃないでしょう？」

「え、どうして？」

「…………」

きょとんとした顔で聞いてくるルクスに、アイリは目眩《めまい》を覚える。

半身を起こしているのも大変なのに、気合いを入れて反論した。

「次期国王として、身体を休めておくのも仕事です。私のことなんて構っている場合じゃないでしょう！　そんな無茶をしてまで」

「でも、アイリが倒れたままだって聞いたから」

「ご心配いりません。私はこうしてピンピンしてるんですし——……う」

半身を起こしたアイリが、熱でふらつく。

ルクスは慌てて、抱き留めるようにアイリの肩を支えた。

「ほら、無茶しないで。明日も休みだから、この二日間は僕が看病するよ」

にっこりと朗《ほが》らかな笑顔を浮かべ、ルクスが囁《ささや》く。

「……ノクトは、どこに行ったんですか？」

「今日と明日は用事があるらしくて、あんまり顔を出せないみたい。ずっとアイリの看病をしてもらってたし、仕方ないよ」

「なんで無茶苦茶している兄さんに、はぁ、はぁ……。私が宥《なだ》められないといけないんですかっ……！」

「あはは……。それより、ご飯食べよう。できたてなのに冷《さ》めちゃうよ」

ルクスは苦笑しつつ、ベッドの後ろに支えるクッションを用意し、アイリの半身を起こした状態で固定させる。

そして、スープを匙《さじ》ですくうとふーふーと息を吹きかけて冷ましてから、アイリの口元に運んだ。

「…………」

アイリは親鳥からエサをもらう雛《ひな》のように口を開け、ほどよい温度のスープを喉奥《のどおく》に落とす。

内容は、赤身肉と野菜で取ったコンソメだった。

ほのかな塩味が、溶けた野菜の味が、まどろんでいた意識を目覚めさせる。

「あの、子供じゃないんですから。ふーふーは、やめてもらえませんか？」

恥《は》ずかしくなったアイリは、熱とは関係なく頬《ほお》を赤らめてジト目を向ける。

が、対するルクスは気にした様子もなく、同じように匙を差し出した。

どちらにしろ、食事が終わらなければこの状況から抜け出すことはできない。

そう考えたアイリは、仕方なくルクスの施《ほどこ》しを受ける。

今度は、スープに浸したハーブ入りの焼きたてパンを口にする。

最後に火を入れた卵《たまご》とミルクを飲ませてもらい、食事は終わった。

手足を動かすのが大変なので、肩を支えて口元を拭《ふ》いてもらうと、かなりの恥ずかしさでアイリは顔を赤らめ悶絶《もんぜつ》した。

「なんか、懐かしいね。小さい頃に戻ったみたいで」

「……ッ！　私は、この年で兄さんのお世話になるのは嫌ですから！」

「あはは、ごめんね。からかったわけじゃないから」

精一杯の抵抗を見せるが、ルクスは笑顔でトレイを下げてしまう。

と、入れ替わるようにして、制服姿のノクトが姿を見せた。

「ちょっ、どこへ……行っていたんですか。ノクト！」

「Yes. すみません。『騎士団《シヴァレス》』としての仕事が少々溜《た》まってたので、ちょっと対応を――」

淡々《たんたん》とした口調で応えるノクトに、アイリはくってかかる。

「それはそれで構いませんけど、なんで兄さんをよこしたんですか？　公務の対応が忙しくて、私の看病なんてさせている場合じゃないでしょうに……」

「それは違いますよ、アイリ」

アイリがそう指摘するが、さらりとノクトに返される。

「ルクスさんにとって、アイリは大切な家族です。倒れたあなたを看病したいのを、ずっとルクスさんは、公務のために我慢《がまん》し続けてきたんです」

「――――」

聞けば、護衛の仕事を三和音《トライアド》がしている合間にも、ずっとアイリのことを気にしていたらしい。

「ですから、大人しく看護されてあげてください。どうしても嫌だというのでしたら、アイリからルクスさんにお願いして、手を退いてもらってください」

「ずるいですよ……。そんな言い方」

アイリはノクトから視線を逸《そ》らし、そっぽを向いて拗《す》ねる。

「どうせ言っても聞かないし、私が兄さんを止められるわけないじゃないですか……」

いつも論争では勝利宣言をしているアイリだが、本当はルクスを曲げさせる手段などないことを知っている。

肝心《かんじん》なときに、ルクスは自分の意志を曲げないのだ。

どんな無茶をしてもやり遂げてしまう。

今回もおそらくそうだろう。

「それに――」

ルクスがそこまでアイリのことを気遣ってくれて、嬉《うれ》しくないわけがない。

わざわざ少ない時間を割いて、直接看病したいと思ってくれていることにも。

せっかく、断ち切ろうとしたルクスへの想《おも》いが、込み上げてしまう。

「……では、失礼します。時々様子を見に来ますので、何かあったら呼んでください」

「ちょっ……！　待ってください！　ノクトにお願いしたいことが――」

一礼して下がろうとしたノクトを、アイリは慌てて引き留める。

「なんでしょうか？」

「そのっ……。トイレ」

「Yes.これは配慮《はいりょ》が足りず失礼しました」

さすがにこればかりは、強がりとか関係なく兄の手を借りるわけにはいかない。

しかし結局、今日と明日の二日間は、ルクスの看病を受け入れることに決めた。

†

貸し切りの医務室で、再びルクスと二人きりになった。

時計の針が時間を刻み、暖炉の薪《まき》が爆《は》ぜる音が静かに響く。

「僕はここにいるから、なにか必要なものがあったら声をかけてね」

トイレのついでにノクトの協力で着替えを済ませたアイリは、新しい寝間着姿で、ルクスの看護を受けることにした。

部屋の温度調節、アイリの額に乗せるタオルの交換。

そして、床《とこ》ずれを防ぐための定期的な姿勢変え、それらを主に請け負った。

「別に要りません。寝てるだけで大丈夫ですから、兄さんは兄さんで休んでください。戦いが終わってから、ろくに休みも取ってないくせに」

「あはは……。僕なら大丈夫だよ。『洗礼《せんれい》』で身体が丈夫になったから」

思い当たる節があるのか、アイリの指摘にルクスは言い訳する。

その後はしばらく、穏やかな時間が過ぎていく。

「――兄さんは、いつまでこうしているつもりなんですか？」

ふいに、ベッドに横たわり天井《てんじょう》を見上げたままのアイリの口から、そんな言葉が零《こぼ》れる。

「どういう意味？」

「いつまでも、私なんかに構っている暇もないでしょうに。王様になって、五人もの妃を娶るんですから」

『いつまで』――というのは、この看病のことを言っているのではなかった。

ルクスがアイリを、こうして特別扱いする期間について指摘しているのだ。

「ええっと、期限なんて考えたこともないけど――」

「いけないと思いますよ。今回は許しますけど、兄さんもこれからは複雑な立場なんですから、王としての自覚をもってですね」

「なんか、いつものアイリらしくなってきたね」

困ったようにルクスが笑う。

看病する相手に説教をされるとは、さすがに思わなかったのだろう。

だが、これはアイリなりのけじめでもある。

これから——妃としての道を歩む彼女たちに対する嫉妬。

ルクスを奪われてしまうことに対してのやっかみという感情を割り切るために必要なのだ。

だから、アイリはあえてルクスを突き放そうとしている。

「これっきりですよ。兄さんが私を特別扱いするのは、私ももうすぐ一人前の淑女になるんですから」

「………………」

軽く窘《たしな》めるようなアイリの口調。

それを聞いたルクスは、どこか寂しげに微笑《ほほえ》む。

本当は——アイリの方がルクスを求めているのに、ルクスの我《わ》が儘《まま》に渋々《しぶしぶ》つき合ってあげているフリをする。

そうやって、自分の心に区切りをつけないとやっていられないのだ。

けれど、切なげなルクスの顔を見るのは胸が締め付けられる。

だからアイリはそのあと、顔を壁に向けたまま告げた。

「その代わり——今日と明日だけは、兄さんに甘えても……いいですか？」

「今日と明日だけ、なんて言わなくていいよ？」

応えたルクスの声音が、明るく、優しくなっている。

その言葉に、アイリの胸の中が疼《うず》いた。

「今日と明日だけです。その後の私のことは、たまに思い出すだけで、公務に集中してくださいね」

そう言いつけて、二人の時間が流れる。

とはいえ——特別変わったことはない。

アイリは身を起こして本を読む。疲れたら眠る。

ルクスもすぐ近くのソファーに座って、公務の書類に目を通す。

時折アイリの様子を見て、床ずれしないように体勢を変える手伝いをしたり、額に当てている水を含んだタオルを交換する。

空気の入れ換え、暖炉の火加減の調整。

基本的にはそんな感じで、緩《ゆる》やかな時間が過ぎていく。

数時間が経《た》ち、再び夕食を食べさせ終えたあと、ルクスはアイリに話しかけた。

「そういえば——、アイリはこれからどうするの？」

「兄さんの結婚式に五回全部出ます。めんどくさいですけど」

「……いや、そうじゃなくて」

「将来という意味でしたら、別に考えていません。卒業したら文官《ぶんかん》のひとりとして、遺跡の技術遺産を管理する職に就くんじゃないでしょうか?」

これから世界は、遺跡の活動を抑える方向に向かうため、ますます古代技術の管理を徹底しなければ、再び力を求めて各国が争い合うことになる。

かといって、既に得ている恩恵を手放すことは、もはや不可能だ。

幻神獣《アビス》を生み出す機能は徹底して封じ、現存する技術以上のものを遺跡から持ち出すことを禁じるため、その基準を監査する役目が必要となるだろう。

そういう意味では、古代文字の解読を行える上に、『洗礼』を受けたアイリは、その素質が十分にある。

遺跡に関わりがある組織であれば、どこでも珍重《ちんちょう》されるだろう。

「そっか。新王国にも遺跡が三つもあるし、側にいてくれると、僕も嬉しいよ」

「別に、新王国で兄さんの目の届くところで働くなんて言ってませんけど?」

ルクスがほのぼのとした口調で言うが、アイリはジト目を向けて告げる。

「そ、そっか」

対するルクスは、複雑な表情で項垂《うなだ》れた。

「今回は兄さんを救うために戦いましたけど、今後は私も必要ないわけですし、五人の妃に挟まれて、人間関係でそれなりに苦労すればいいですよ」

そう毒づいて、アイリは微笑《びしょう》を浮かべる。

それが、今できる自分の割り切り方だった。

度々様子を見に来たノクトは、若干そんな雰囲気を察したようだったが何も口を挟まず、アイリの入浴の世話をする。

そうして、一日目の看病が終わりを告げた。

†

翌日、ルクスは車椅子《くるまいす》と杖《つえ》を借りて持ってきていた。

「アイリの具合次第だけど、学園内を散歩してみない？　ずっとベッドで寝てるのも、退屈だろうし」

「私に構わなくていいと言ったつもりでしたけど……？」

ジト目を向けるアイリに対し、ルクスは頭をかきながら笑う。

「でも、もう借りて来ちゃったし。せっかくだからどうかな？」

「はぁ……仕方ありませんね」

実際――アイリの身体は、ひとりで身を起こせる程度には回復していた。

ルクスが散歩の準備を整えたのも、ただの気紛《きまぐ》れではなく、アイリの容態を確認してのことだったのだろう。

それにひとつ――アイリにも目的があった。

今回の件を契機に兄離れしようとしているのに、どうしてルクスの方から自分に絡《から》んでくるのか。

その意志を再確認したかった。

ルクスは厚着をしたアイリにマフラーや膝《ひざ》かけを用意し、温めた石を持たせる。

アイリとしては、本格的に幼少期の病弱だった頃を思い出し、懐かしさどころか恥ずかしさすら感じる。

「寒くない？　疲れたらすぐに言ってね。おんぶして戻るから」

「兄さん……。祝日とはいえ学園の敷地内で、私に辱《はずかし》めを受けさせるつもりですか？」

純粋に申し出るルクスに対し、アイリは呆《あき》れて応える。

「大丈夫。見つからないように連れて行くから」

しかし、ルクスは酷《ひど》く明るい様子で、車椅子を押した。

「あ……」

アイリの身体を気遣い、優しく運ぶルクスの動き。

それが懐かしくて、七年以上も昔の頃に戻った気がして、物思いに耽《ふけ》ってしまう。

学園内と外を交互に行き来しながら、外の空気を吸って眺める。

本を借りるために図書館に寄り、お茶を飲むために食堂に寄り、中庭でのんびりとひなたぼっこをしつつ、野良猫《のらねこ》と戯《たわむ》れる。

兄と二人きりの休日は、アイリがずっと望んでいたものだった。

「──兄さん、ひとつ聞いてもいいですか？」

昼過ぎの太陽が中天《ちゅうてん》に輝いた頃、アイリはふと切り出した。

「……なに？」

きょとんと首を傾《かし》げるルクスに対し、アイリは振り返って真顔で告げる。

「どうして今回、私の看護役をわざわざ買って出たんですか？」

「…………」

その問いに対し、ルクスは僅かに虚《きょ》を突かれた顔を見せる。

が、すぐにいつもの笑顔になると、戸惑いつつも返事した。

「それは、ノクトが他の用事で忙しいって聞いて。僕も今回は早めに、学園に帰って来られそうだったから──」

「嘘ですね」

さらっと、上目遣いでアイリは指摘する。

「ノクトから、彼女自身のスケジュールは聞いていましたが、私の看護役を放り出すほどの仕事はなかったはずです」

「い、いや……だからたぶん、急用が入ったんじゃないかな──。ほら、女医さんも昨日《きのう》と今日は休みだし、他の生徒に頼むのも気が引けるし」

言いながら、ルクスの視線が泳いでいる。

それでアイリは、真偽《しんぎ》を確かめるまでもなく嘘を見抜いていた。

「実は私、兄さんとノクトが話しているのを聞いてしまったんですよね。わざと、私の看護を任せるって――」

「えっ、そんなはず――⁉　あのとき、アイリは寝てたはずじゃ⁉」

と、ルクスが驚き問いかけた直後、アイリが微笑を兄に向けた。

戦術としての駆け引きはたいしたものだが、信頼する仲間や身内に対しては、相変わらず隙《すき》だらけだ。

「ひっかかりましたね。兄さんが私を騙《だま》そうだなんて百年早いです」

「あ、う……」

バツ悪げに目を伏せるルクスに対し、アイリは前を向き尋ねる。

「で、改めて聞きますけど。なんでわざわざ、嘘をついてまで私の看護を申し出たんですか？忙しくて疲れてるくせに、ノクトの仕事を奪ってまで――」

「質問が、二つに増えてるんだけど……」

「いいから、答えてください。そんなわけのわからないことをした理由を――」

再び振り返り、アイリがジト目で問い詰めてくる。

対するルクスはしばらく逡巡《しゅんじゅん》し、やがて意を決したように呟いた。

「その、アイリが気にしそうだったから。僕に世話を焼かれるのを」

「意味がわからないんですけど……、なんですかその理由は。私は大人の判断で言っているんです。何故《なぜ》兄さんは無理をしてまで、そんなこと――」

「……ええっと。アイリに、断って欲しくなかったから――」

「――――」

どこか困ったようなルクスの笑みに、言葉に、アイリは固まる。

あの強くて、勇敢《ゆうかん》で、優しくて――。

口では言わないが、誰よりも頼りにしている大好きな兄の、気落ちした様子の告白に、思考が止まる。

「アイリは、いつも僕に気を遣ってくれるから。たぶん、普通にやったんじゃ追い返されちゃいそうで……。でも――」

儚《はかな》げな声で囁いてくる。

「久しぶりに、一緒にいたかったんだ。アイリが僕のために無理をして倒れてるときくらい、ちゃんと側にいてあげたかったんだ。雑用王子になってから、学園に来てから、アイリの世話になりっぱなしだったから」

「………」

アイリは、なにも言い返せなかった。

アイリ自身は機竜使い《ドラグナイト》としては、ルクスの力になれなかった。

ずっと、隣《となり》で戦えるリーシャたちや、三和音《トライアド》にすら嫉妬《しっと》していたのだ。

せっかく元気な身体になったのに、兄の助けになれないことが歯がゆかった。

だから——無茶をして、最後の戦いにも神装機竜を纏って参戦した。

その後はもう、ルクス自身を自由にしたかった。

アイリの面倒を看させる縛り付け方など、したくなかったのだ。

けれど——。

「なにを言ってるんですかね。兄さんは」

呆れたような微笑を浮かべ、アイリは兄の顔を見上げる。

「私の方ですよ。兄さんに助けられているのは、今までずっと、助けられてきたのは」

ルクスがいてくれたから。

自分を大切にしてくれる——愛する家族がいたから、ここまで頑張《がんば》ってこられた。

そして、血を分けた肉親のためならば、いくらでも無茶ができた。

結局——びっくりするほど、自分たち兄妹は似た者同士だったのだ。

「でも、もし兄さんが、本気でそう思っているのでしたら——まだまだ私の助けが必要みたいですね」

言わなくても、通じ合えていたとわかった瞬間に、アイリの中でわだかまりが消える。

くすりと微笑んで、気怠《けだる》さの残る右腕を伸ばし、兄の頬を軽くつついた。

「あはは……。うん、そうしてくれると――助かるよ」

「じゃあ、今日はとことん看病してもらいます。兄さんの無茶につき合って、こんな状態になってしまったんですから」

悪戯《いたずら》っぽくアイリが言うと、困ったようにルクスは微笑む。

その後は、兄妹水入らずの休日を、二人で楽しんだ。

†

『すみません。今日のお風呂《ふろ》ですが、私は急用ができて戻ってくることができません。夜遅くなりますので、ルクスさんにアイリのお世話は任せます』

夕食を終えて医務室に戻ったあと、残されていた書き置きを見て、兄妹は固まった。

ノクトが妙な気を利かせたわけではなく、城塞都市《クロスフィード》で起きた崩落トラブルを解決するために出動したようだ。

「ま、まあ……。仕方ないよね。ノクトが帰ってくるまで待とうか？」

ルクスが若干戸惑いつつ提案するが、アイリは小さくかぶりを振った。

「兄さんは甘いですね。帰ってこられる見込みがあれば、ノクトはちゃんとそういう書き置きをしておきますよ。私をこのままにして寝させるつもりですか？」

微《かす》かに頬を染めて恥じらいつつ、ジト目で見上げて訴えてくる。

アイリの身体は昨日より更に回復したとはいえ、楽々とひとりで着替えができるほどではない。

ひとりで着替えをするのも難しければ、お湯を含んだタオルで身体を拭《ふ》くのも手間だろう。

「僕はその、いいけど……。アイリは平気なの？」

結局は、裸に近い格好を晒《さら》すことになるので、恐る恐るルクスが聞くと、

「へ、平気なわけないでしょう？　兄さんは年頃の妹の裸を見たいんですか？　目隠ししてください。指示は——私がしますから」

「あ、うん。わかったよ」

アイリの指摘にほっとして、ルクスは用意をする。

寮母《りょうぼ》に頼んで衣類の洗濯はしてもらっているので、ノクトが着替え一式を既に枕元に置いてくれていた。

（一応、下着もあるんだよなぁ……）

当然と言えば当然だが、指摘すると更に変な目で見られそうだったので、ルクスは何も言わずに始めることにする。

厚手《あつで》のタオルで日隠しをすると、ルクスの視界が闇に閉ざされた。

「ええっと、僕はどうすれば――」

「まず、寝間着《ねまき》を脱がせてください。目の前のボタンを外して――」

昔は、病弱なアイリの着替えすら手伝ったことのあるルクスだが、今となってはいろんな意味で緊張する。

ベッドの上に座ったアイリに向き合った状態で手を伸ばし、寝間着のボタンをひとつひとつ外していく。

（なんか、目隠しをしたことで、逆に変な雰囲気になったっていうか――……）

妙な気恥ずかしさと緊張が漂う中、ルクスはアイリの寝間着を脱がしていく。

「その、あとは後ろです。そこのホックを外して――」

「って、下着まで僕が脱がすの⁉」

「わざわざ伏せたのに口に出さないでくださいっ！　好きでやらせてるわけじゃないんですから……！」

「ご、ごめん……」

叫ぶアイリに謝りつつ、アイリの下着に手をかける。

当たり前だが、素肌《すはだ》にも触れることになるため、妙なドキドキがルクスを襲った。

「んっ……」

小さな吐息《といき》にも似たアイリの声。

それが静かな夜の医務室に響き、妖《あや》しい雰囲気を帯びる。

が、ルクスは深呼吸をして、心を落ち着かせるように努めた。

(落ち着け、何を考えてるんだ僕は……！　昔みたいに、看病してるだけなんだから、おかしなことなんて何も――)

雑念を意識から追い出し、お湯を含んだタオルで汗ばんだ肌を拭く。

その途中に、何か控えめだが柔らかなものが、タオル越しにルクスの手に触れた感触がした。

「きゃっ……!?」

「ど、どうしたのアイリ!?」

いきなり聞こえた甲高い声に、何かトラブルがあったのではないかとルクスは驚く。

「な、なんでもないです。ちょっと……に手が当たって――」

後半が小声なので聞こえなかったが、どうやら何事もなかったようだ。

(でも、このまま続けていいのかほんとに!?　何か、人としていけないことをしているような――)

せめてこの着替えだけでも、学園に残っている少女に任せられないだろうか？

しかしここまで来てしまった以上、今更という気もする。

「……ッ、つ、続けてください。兄さん」

アイリだって、恥ずかしいのを我慢しているのだ。

ルクスがそう覚悟を決めた瞬間、ガラリと医務室の扉が開いた。

「――あ」

目隠しをしたままのルクスからは見えないが、抑揚のないノクトの声が聞こえた。

「ノックは一応したのですが、急用を思い出したので失礼します」

ルクスの目からはわからないが、アイリにはしっかりと、真顔で開けたドアを閉じようとする親友の姿が見えた。

「――ちょっ⁉ 待って！ 行かないで！」

「そ、そうですよノクト！ 帰って来られたんでしたら代わってください！」

ルクスとアイリは必死になってノクトを引き留める。

結局、身体を拭く役目と着替えは、彼女に譲ることになった。

†

ルクスが一旦《いったん》、席を外している間、アイリとノクトは二人きりの医務室で話をする。

「どうでしたか、アイリ？ 私がいない間、ルクスさんとうまくやれましたか？」

「どうもしませんよ。普通に看病してもらってただけです」

「Yes.それはなによりです。素直になれたのでしたら、私も席を外したかいがあります。あ、最後の着替えは本当に予定外でしたが」

と、横になったアイリに毛布をかけながら、ノクトが微笑む。

「……はぁ、友達思いの親友を持って、私は幸せですよ」

ノクトは、アイリの心の機微と葛藤に気づいていたのだろう。

ルクスは咎人の枷《かせ》が外れて自由になり、新王国の国王として新たな道を歩き始めた。

五人の王妃を娶ることもあり、アイリは自分の目標と、居場所がなくなってしまったと感じていた。

もう、アイリがルクスのために力になる必要もない。

むしろ、兄の行動を阻害してしまうと、身を引くつもりだった。

けれど――それは違っていた。

「あなたは立派です。機竜に不慣れな身で、あの《ヨルムンガンド》を操って、ルクスさんを最後までサポートした。いえ、今までもずっと、陰ながらルクスさんの力になってきたんです。誰よりも――近い場所から」

普段は寡黙《かもく》なノクトが、珍《めずら》しく饒舌《じょうぜつ》に語る。

そしてそれは、ルクスも同じ気持ちだったのだ。

だからこそ、お互いの気持ちに気づかせるために、一芝居打って、ルクスにアイリの看病を任せたのだ。

「これからはルクスさんを取られてしまうようでアイリも辛いと思いますが、間違いなくあなたは愛されています。それだけは、胸に留めておいてください」

「……別に、恋愛的に兄さんをどうこう言うつもりは初めからないですよ」

ノクトの指摘に、アイリは若干《じゃっかん》目を逸らして口を尖《とが》らせる。

対する親友は、微かな笑みを口元に浮かべて、頷《うなず》いた。

「そういうことにしておきましょう」

「ええ、そうしてください。それと——」

と、アイリはノクトの顔を見つめ、枕に頭を乗せたまま告げる。

「兄さんのこれからのスケジュールを見せてください。次に私のやりたいことが、わかってきましたから」

「Yes. 翌日までには必ず。それまでの看護は、引き続きルクスさんにお任せします」

そうしてノクトが出て行ったあと、またルクスが戻ってくる。

寝る前に、暖炉の火加減調整や換気を終え、寝具を整える。

「それじゃ、僕はここにいるから。安心しておやすみ」

「——はい。おやすみなさい、兄さん」

ルクスはアイリが横になるベッドのすぐ側にソファーを移動させて座り、毛布を被《かぶ》っている。

微かな暖炉の炎が灯る中、アイリが寝息を立て始めると——いつしかルクスも目を閉じていた。

「こんなことだろうと思いました」

寝入った兄を起こさぬよう小声で呟きながら、アイリはゆっくりと半身を起こす。

そして、隣で安らかに眠る兄の寝顔を見つめていた。

「自分が一番疲れているくせに、妙なところで責任感を発揮するんですから」

自分のために無理をして倒れてしまったアイリを、ルクスは手ずから看病したかった。

その想いに間違いはないのだろう。

しかし、無意識のうちに無理をしていたようだ。

「本当に——世話が焼けるんですから」

そう呟くアイリの顔には、微笑が浮かんでいる。

かつて修道院でアイリの元に押しかけたときと、何も変わらない。

咎人であろうが、国王であろうが、変わらないものがそこにあった。

そしてきっと、アイリ自身のルクスに対する気持ちも、ずっと昔と同じままだ。

「そうやって隙を晒していると、誰かに出し抜かれてしまうかもしれませんよ？　悪い妹とかにも——」

頬を朱に染めたアイリが悪戯っぽく、ルクスに囁く。

疲れ切っていて、起きる気がないルクスに、自らの身体を寄せていく。

今朝の時点で、普段通りとはいかずとも、そのくらいは動けるようになっていた。

けれど、せっかくなので甘えさせてもらっていた。

アイリ自身も、ルクスにそうしてもらいたかったからだ。

「大好きですよ。――私の、世界一の兄さん」

暖炉の火に照らされたルクスとアイリの影が、顔が、直後に重なる。

その秘密の行いに気づくものは誰もおらず、静かな夜が更けていった。

†

「――兄さん。早く起きてください。もう朝ですよ」

「ん、んん……。ふぁああ。って、アイリ⁉」

翌日、ルクスが目覚めると、アイリはもう制服姿に着替え、車椅子に座っていた。

どうやら、この二日間で急速に回復したらしい。

「Yes. おはようございます」

ルクスが寝ている間に来ていたノクトに手伝われつつも、身支度くらいはできたようだ。

「今日は、城塞都市の市長との会談に、遺跡の衛兵たちと警備状況についての相談をすることになっていたはずです。もちろんディスト卿とセリス先輩も同席しますから」

「…………」

車椅子に乗りながら背筋を正したアイリは、ズバズバとスケジュールを指摘する。

昨日までとは一変したその態度に、ルクスは戸惑いを隠せずにいた。

「あの、身体の方は大丈夫なの？」

「見ての通り、休憩を挟みながらの日常生活程度なら問題ありません。それよりもちゃんとしてください。兄さんのスケジュールは、私が管理してあげますから」

「えええっ……⁉」

と、驚愕《きょうがく》するルクスに対し、アイリは続ける。

「なんですか？　いやなんですか？　疲れ果てても無茶をしてしまう兄さんが、私の意見に反対するんですか」

じろっと、アイリが含みのあるジト目でルクスを見つめる。

それでもう、ルクスは何も反論できなくなってしまった。

「それじゃ、まずは顔を洗って身支度を整えてください。出発時には、三和音《トライアド》に伝えておきますから。ノクトの指示を聞いてくださいね」

「あ、うん……。そうするよ」

戸惑いつつも納得した表情で、ルクスは頷いた。

†

ルクスが部屋から出て行くと、アイリはほっと息をついた。

ルクスから距離を置こうとしていた雰囲気を匂わせていたアイリが、以前にも増して積極的になっている。

そのことに気づいたノクトが、親友の少女に問いかける。

「咎人でなくなって、次にやりたいことが見つかりましたか？」

「――ええ。やっぱり兄さんのことが、心配で放って置けませんから」

アイリは得意げに応えて、くすりと微笑む。

今までと同じように、いや、それ以上に――これからもルクスを支えるのだと、その表情が告げていた。

アイリの意思を察し、ノクトは微かに口元を緩ませる。

「いいことです。私も仕えがいがあります。ところでアイリ――昨晩は二人きりでしたが、何も間違いはありませんでしたよね？」

「……なんのことでしょうか？　私は普通にしていただけですよ」

そう、視線をノクトから逸らしつつ、アイリは告げる。

「兄妹でのスキンシップくらい、たまにはしますよ。変な誤解をしないでください」

「Yes. これは、要注意な予感がします」

「だから、なんで言ったそばから誤解をしてるんですか！」

くってかかるアイリに対し、ノクトは真顔のままさらりと流す。

咎人でなくなり、自由を得たアイリは次の目標を見つけて歩き出す。

蒼穹《そうきゅう》の寒空の下には、春の訪れを感じさせる陽光が差し込んでいた。

Episode5 従者は新王国の妃になる？（夜架編）

フギルとの決戦に勝利し、リーシャやディスト卿との話し合いで、ルクスが国王になることを決め——王都で発表するまでのひと月あまりの期間。

既に要人たちに内情を伝え、公務として国内外のあちこちへと顔を出す中、ルクスは深夜の学園の中庭で声を出した。

「——夜架《よるか》、やっぱりいるの？」

問いを投げても、返事はない。

が、静謐《せいひつ》な夜の空気の中に、微《かす》かな気配を感じる。

最後の戦いが終わり、クルルシファーの提案をルクスが受け入れ、全員と婚約することにしたあと——何故《なぜ》か夜架が姿を見せなくなった。

一応、学園にはちょくちょく顔を出しているようだが、偶然なのか故意なのか、ルクスが彼女の姿を見る機会がまったくなかったのだ。

ルクス自身、公務や他の少女とのつき合いで暇《ひま》がなかったし、夜架の行動に心当たりがあったので。あえてそれ以上捜しはしなかったのだが——ようやく今になって、夜架の存在を確認しようとしたのだ。

なので、呼んでみたわけだが。

「やっぱり、どこかへ行ってるのかな？」

「わたくしにご用ですの？――主様《あるじさま》」

「うわっ⁉」

いきなり背後から声をかけられ、ルクスは跳びはねる。

独特の黒衣を纏《まと》う少女が、妖艶《ようえん》に微笑《ほほえ》んで傅《かしず》いていた。

ルクスが驚き、数秒ほど固まってから、一言。

「あのさ。ここ、最近のことだけど――」

「はい」

「もしかして、僕のことを尾行《びこう》してた？」

そうルクスが尋ねたのは、ここ十日あまり、完全に夜架の姿を目にしていなかったことが理由のひとつ。

そしてもうひとつは、時折だが、何者かが自分を監視しているような気配を感じていたからである。

おそらく、昔のルクスだったならば、気づかなかっただろう。

『創造主《ロード》』たちとの戦いで、エリクシルを身体に馴染《なじ》ませる強化手術――『洗礼《せんれい》』をしたおかげで肉体が強化され、五感が利《き》くようになっていたのだ。

それにより、具体的には言えないが、今まで感じ取れなかった、微《かす》かな気配を感じるようになったのだ。

「いいえ、主様にそのような無礼は働いておりませんわ」

「あ、あれ……？」

が、屈託《くったく》のない笑みを返されて、ルクスは戸惑う。

どうやら気のせいだったようだ。

（自信、あったんだけどな……。僕が神経質になっていただけなのかな……）

次期国王という身になり、いや――、国民には正式に発表する前だが、そうでなくとも遺跡に深く関係のある立場には違いない。

その認識からくる、ルクスの警戒心が感じさせていた、まやかしだったのだろうか。

（待てよ、じゃあ。今までのあの気配が、夜架じゃなかったとしたら――）

違う何者かが、ルクスを遠巻きに監視していた可能性がある。

そう思い、表情を引き締めた刹那《せつな》。

「わたくしは主様の身を案じて、見守っていただけですわ。尾行だなんて心外ですわよ」

夜架は満面の笑みでそう告げる。

心から、自分の行為を疑っていない表情だ。

あっていた。

「…………」

「それにしても、さすがは主様ですわ。誰にも気づかれないように忍んでいたつもりでしたのに気づくなんて——。わたくしもまだまだ精進が必要ですわね」

詳しく話を聞くと、どうやら三和音《トライアド》とアイリたちは、夜架の潜伏を知っていたらしい。

というより——フギルとの最終決戦以降、ルクスの護衛のやり方を、アイリも含む四人で相談して決めたようだ。

ルクスには知らせず、彼女たちの判断でだ。

『表向きの護衛』は、三和音《トライアド》が担当。

その裏で、夜架がひっそりとルクスの周囲を監視する。

夜架の存在と実力を知っているのは、世界でもごく僅《わず》かのため、もしルクスを新たに狙う輩《やから》がいれば、三和音《トライアド》だけが護衛として存在していると勘違いする。

そう思った敵対者が警備をくぐり抜けようとして近づいたところを——隠れていた夜架が、仕留める。

といった二重の仕掛けで、ルクスを護衛していたようだ。

ルクスにすら作戦を知らせなかったのは、知っているとどうしても安心感が出てしまうため、ルクス本人に気づかれてしまうまでは、内密にしようとしていたとのことだ。

「これも主様の御身《おんみ》を気遣うが故、ご無礼をお許しください」

「そうだったんだ。いや、それならいいんだけどさ……」

今までの謎は解けたが、今回ルクスが夜架を呼んだのは、それが理由ではない。

むしろ、本命の目的は別にあった。

「以前の話、考えておいてくれた？」

「…………」

夜架は顔に微笑《びしょう》を貼り付けたまま、無言になる。

ルクスには忠実な僕である彼女は、嘘をついたり誤魔化《ごまか》したりすることはできないのだろう。

「もしかして、困ってる？」

「いえ、そんなことはありませんわ。主様と――婚礼の儀を行うことについてでしょうか？」

覚えていた。

というか、それ以降夜架とまともに会っていないのだから、ある種当然かもしれないが。

そう――クルルシファーが、五人との婚約を提案したあの日、他の面々はほぼ即答で受け入れた。

が、唯一夜架だけは否定こそしなかったものの、ルクスの意志に任せるという形で、具体的な婚姻の時期や、やり方を示さなかったのだ。

そうして、今に至る。

今後、正式にルクスが五人の妃を娶ることを発表するためには、夜架本人と、段取りを詰めていかなくてはいけないのだ。

《ウロボロス》の神装《しんそう》によって繰り返されたパレードの三日間。

他の少女たちと同じように、夜架ともまた、ルクスは結ばれた。

母国の姫であり、幼い頃から人の心がない人外の少女と恐れられながらも、ルクスを愛するという感情に芽生えた少女。

道具としてなどではなく、ひとりの人間として自分の側《そば》にいて欲しいというルクスの願いに——想《おも》いに応えて、気持ちを伝え合った。

ルクスと夜架はあの夜、確かに結ばれたはずだったのだ。

「もしかして——夜架の気持ちが、変わったの？」

恐る恐る、ルクスは気になっていたことを尋ねる。

ひゅう、と。冬の夜の風が吹き、無人の中庭に微かな沈黙をもたらす。

考えられるのは、それくらいしかなかった。

ルクスと結ばれることを望んでいた夜架が、あの提案の後に姿を眩ました理由——。

単に護衛上の問題だけでなく、夜架のルクスに対する気持ちが変わったのかもしれないと。

ドキドキしつつ、少女の返事を待つルクスだったが——。

「それは——間違いですわ」

夜架はいつもの屈託のない笑みで、迷いなくそう応えた。

「わたくしは変わらず、主様をお慕《した》い申しておりますもの」

その表情に、嘘や隠し事は感じられない。

内心ほっとしつつ、ルクスは更に問いかける。

「じゃあ、どうして――？」

「主様には申し訳ありませんが。わたくし実は、妃になることには気が進みませんの」

「えっ？」

さっきの一言と矛盾《むじゅん》する理由に、ルクスは困惑する。

が、すぐに夜架から答えが示された。

「愛人や妾《めかけ》ならば、喜んでお受けするのですが――」

「ええっと、どういうこと？」

にこやかに告げてくる夜架に対し、ルクスは戸惑う。

よくよく考えても、その意味がわからなかった。

「これからの主様には、懐　刀《ふところがたな》としてのわたくしが必要ですわ。妃という扱いになってしまっては、その使命を全《まっと》うできませんもの」

「……それって、まさか」

しばし考えて、ルクスは気づく。

夜架があの提案のあと、婚約だけ了承して、妃になる件は取り合わなかった理由。

その答えが、ついさっきまで姿を隠し、ルクスの護衛を務めていたことに繋《つな》がるのだ。

「主様が国王という立場につけば、そして様々な妃を迎え入れれば、内外問わず、必ずや命を狙われますわ。わたくしが妃のひとりになってしまっては、主様の危機を払うという使命が十全にこなせなくなると思いますの」

「そんなこと――……」

とは、言い切れなかった。

要人というだけで、命を狙われる危険は常につきまとう。

特に、重要人物との婚姻《こんいん》が増えれば、それだけリスクは大きく跳ね上がる。

善悪にかかわらず、大きな利害関係が生じる立場になるというのは、そういうことだ。

皇族の末弟として幼少期を過ごしたルクスは、それをよく知っている。

だから、そのこと自体は否定できなかった。

「それに――これから主様の敵も増える以上、始末する役割も必要ですわ。そういったときにわたくしが表舞台にいては、面倒になりますもの」

「…………」

敵対勢力の抹消《まっしょう》。

故郷である古都国の滅亡後、アーカディア帝国の暗殺者として生きてきた夜架は、そういう発想になるのだろう。

夜架の考えは痛いほどわかる。ある意味では正しい判断であることも。

だが――。

「それじゃ、夜架は僕のために――あえて日陰の道を歩むってこと？」

ルクスは少女の、左右非対称の美しい瞳《ひとみ》を見据えて尋ねる。

対する夜架も、真っ直ぐにルクスを見つめ返し、応えた。

「わたくしの本懐を遂げるのに、この方がやりやすいということだけですの。ですから、主様が気に病むことではありませんわ」

夜架の表情を見るに、本心なのだろう。

そもそも夜架は、肩書きや名声に執着はない。

ただ、自分がすべきことを忠実にこなす。道具としての使命を全うすることを身上としている。

だから妃に選ばれない方が、夜架としては都合がいいのだろう。

「でも――僕は」

けれど、ルクスはいやだった。

「夜架に、正式に妃のひとりになって欲しい」

愛人や妾という立場でもおそらく、彼女の態度ややることは変わらない。ルクスとの関係も、変わらないだろう。

それでも——そうする必要があった。

「どうしてですの？」

珍《めずら》しく、きょとんとした顔で夜架が首を傾《かし》げる。

対するルクスは、あえて理屈を並べず、衝動的に声を発した。

「僕が——そうして欲しいから」

「…………」

「妃として、正式に君を迎えたいんだ。僕を守る影としてじゃなく、別の形で側にいて欲しいから——」

「…………」

無理矢理に理屈をこねるとしたら、夜架をいつでも切り捨てられる立場に置いておきたくないのだ。

妃として娶ることになった他の少女たちと同様に愛を語った以上、彼女だけ日陰に置いておくことなどルクスにはできない。

それがたとえ、夜架自身が望まないことだとしても。

「わたくし、愛人と妾という立場の方が好きなんですのよ？」

「それでもお願い。僕の妃になって欲しい」

「わたくし、宮廷生活は苦手ですわ。主様もご存じのように」

「そんなに肩肘《かたひじ》を張らなくていいし、僕も協力するから――」

「城内で行動を監視されては、主様をお守りするわたくしの使命が果たせませんわ」

「それはもう、しなくていいよ」

いくつか言葉をかわす中、ルクスは力強く言い切る。

「僕を守るなら、これからは妃という立場の中でしてくれれば十分だよ。それ以上のことはしなくていい。それが――僕の望みだ」

日の当たる場所にいれば、夜架も無茶はできなくなる。

しかし、これからはそうして生きて欲しいという願いがあった。

ルクスのために、死ぬことも覚悟してシングレンに挑みかかろうとしたこと。

あるいは、自分を真っ先に切り捨てようとすることが、できなくなるように。

「ですが――それで主様を守れなかったら、わたくしは生きる理由を失いますわ」

くすりと含みのある笑みを見せて、夜架が反論する。

「ですから申し訳ありませんが、主様のご期待に沿《そ》うことはできませんわ」

「僕の命令でも？」

「はい。これも主様のためですわ」

満面の笑みを浮かべた夜架を見て、ルクスの頬《ほお》が緩《ゆる》む。

言葉ではルクスを否定しているが、それは夜架の感情の表れだからだ。

ただ忠実に、何でも命令をこなすだけの道具じゃない。

夜架はもう夜架なりに、自分の意志で、ルクスを気遣って応えている。

そのことが――夜架がルクスに対し、人間としての感情を向けていることが、とても嬉《うれ》しかった。

「どうしたら、お願いを聞いてくれるの?」

それでも折れずに、ルクスは説得を試みる。

「そうですわね。主様が誰かに狙われる身でなければ、わたくしも、ただの人としてお供いたしますわ」

対する夜架も折れなかった。

ルクスが狙われるような立場から解放されることは、当分――いや、生涯訪れないだろう。

遺跡《ルイン》に深く関係するというだけで、避けられぬ宿命なのだ。

だからおそらく、彼女の決意を覆させることは不可能だろう。

今のルクス以外の人間であれば――だ。

「じゃあ、僕をそこまでして守る必要がなければ、夜架が妃になってもいいってこと?」

と、ここでルクスは話の向きを変える。

「どういう意味ですの？」

首を傾げる夜架に向かって、ルクスは歩み寄った。

「実は――ここしばらくの視察で、僕は夜架の存在を感じ取れないわけじゃなかったんだ」

自信ありげな真っ直ぐな眼差《まなざ》しを、夜架に向ける。

「『洗礼』のおかげで、五感が以前より研ぎ澄まされるようになった。ちなみに、夜架は自分と同じくらい気配を殺せる人に会ったことはないでしょ？」

「わたくしが知る限り、ありませんが――」

「だから、僕が暗殺されることはそうそうないよ。それこそ、夜架並みの使い手が来ても、自分で命を守るくらいはできる」

すなわち、夜架がそこまで『影』に徹する必要はないのだと、ルクスは指摘した。

その意味と意図は、夜架もすぐに理解したようだが――。

「わかりませんわね。主様にとって、そこまで妃という立場は特別なんですの？　わたくしを強引に説き伏せたところで、実際は何も変わらないと思いますが？」

柔和な表情で、ルクスの意図を悟った夜架は応える。

「いや、これは僕の意志だよ。僕がそうしたいだけなんだ。夜架にも、そういう立場で生きて欲しい。僕と、僕たちともっと同じ立場を共有して欲しい」

影として、彼女だけに危険な仕事を押しつけたくはない。

立場上でも、便利な道具として扱いたくはない。

夜架自身がそれを望んでいたとしても、ルクスは違う。

「本当に、わたくしの弟と似てますのね。主様は――」

妖艶に微笑みつつ、夜架は腰に差した機攻殻剣《ソードデバイス》に手をかける。

「でも、だからこそ、同じ轍《てつ》を踏むわけにはいきませんわ」

かつて弟を殺されてしまったときと、同じ運命を辿《たど》るわけにはいかないと。

紫の魔眼《まがん》を輝かせ、夜架はルクスに誘いをかける。

「どうしたら、安心してもらえるの？」

「――今宵《こよい》は、いい風が吹きますわね」

ふいに視線を外して、夜架は煌々《こうこう》と月が照らす夜空を見上げる。

「話し合いの続きは、こちらでいたしましょう」

甘い囁《ささや》きとともに、夜架は背を向けて歩き出す。

少女がルクスを連れて行った先は、学園敷地内の訓練場だった。

†

「主様のご意向に従わせていただきますわ。このわたくしに、『二つの勝負』で勝つことができたならば――」

夜架はそう言って剣帯から機攻殻剣を抜き払い、神装機竜《しんそうきりゅう》《夜刀ノ神《ヤトノカミ》》を纏う。

対するルクスも、無言で自らの剣帯《けんたい》から《バハムート》の機攻殻剣《ソードデバイス》を引き抜く。

互いに機竜の装着を見届けたあと、静かに距離を取って構えた。

フギルとの決戦以降――ルクスが戦闘目的で《バハムート》を纏うのは、いや、まともな戦いすらひと月ぶりとなる。

夜架の駆る、《夜刀ノ神《ヤトノカミ》》の動きは静かだった。

予備動作を見せず、すり足の動きで気づかぬうちに距離を詰めてくる。

「ひとつはこの、装甲機竜《ドラグライド》での勝負。もうひとつは、これが終わったあとでお伝えしますわ」

（本気なのか、夜架――）

彼女自身が、ルクスに対して提案した試験《テスト》。

そのひとつが、機竜同士による戦いだ。

ルクスが彼女の力を借りずとも、自分の身を守ってみせると言ったことは、嘘偽りはなかったつもりだが――。

「…………」

今の夜架と対峙《たいじ》して、自らの甘さを悟る。

ルクスに比肩する腕を持つ、彼女と戦うほどの覚悟はなかった。

並み居る強敵を倒し、強者の仲間を数多く得たことで、知らぬうちに気が緩んでいる。

（そうか、夜架は――それを僕に伝えるために）

その事実に、ルクスは対峙しながら気づく。

彼女の狙いは見えている。

『洗礼』を施した紫の魔眼により、ルクスの意識の間隙《かんげき》を読み取り一閃《いっせん》する絶技――刻撃《こくげき》。

ルクスが一撃でももらって怯《ひる》んだならば、神装《禁呪符号《スペルコード》》によって機竜の自由を奪われてしまう。

繰り出された初撃をもらえば、それでおしまいだ。

そしてそれは、無意識を突かれる故に回避不可能の攻撃である。

だが、完全な無意識の時間は、ほんの一瞬でしかない。つまり――。

（常に一定の距離を保ち、間合いにさえ入らなければ――、夜架の刻撃を防ぐことができる）

ルクスの呼吸を読み、意識の間隙に斬りつけてくるまでに僅かな時間がかかり、ルクスは意識を取り戻し防御することができる。

つまり――距離を保ったまま勝てばよいのだ。

「いくぞ！　夜架！」

「どうぞ、主様」

ルクスは声を上げると、ダガーを投げ、夜架の動きを牽制《けんせい》する。

当然のことながら、《夜刀ノ神《ヤトノカミ》》の持つ刀型のブレードで弾《はじ》かれて通じない。

ルクスも命中するとは思っていない。

夜架から距離を取って投擲《とうてき》すれば、命中までに時間がかかり、楽々と守られてしまう。

「――物足りませんわね。もう少し、お側に来ていただきますわ」

ルクスが現在持つダガーの合計は六本程度だが、《共鳴波動《リンカー・パルス》》で地面に落ちたダガーを回収しつつ、再度投擲を繰り出す。

更には機竜咆哮《ハウリングロア》などを併用して、ヒットアンドアウェイを繰り返す。

夜架が守勢に回っている最中なら、意識の間隙を突かれることはない。

一瞬だけ夜架に斬りかかっては、《禁呪符号《スペルコード》》の干渉を避けるために離れる。

それで、どうにか間合いを保っていた。

「ふふ……」

が、夜架は刻撃を封じられた状況にもかかわらず、妖艶な微笑を湛《たた》えている。

ルクスの狙いは、僅かな攻防の間に見切られているのだろう。

（まずい……！）

先ほどは、待機中に夜架の間合いにさえ入っていなければ、刻撃を防げると思っていた。

――が、あくまでもそれは理論上の話だ。

夜架のような凄腕《すごうで》を相手に、常に《夜刀ノ神《ヤトノカミ》》の間合いに立ち入らないように戦い続けるというのは、それだけで途方もない体力と集中力を要する。

それでいて、攻撃も消極的にならざるを得ず、決定的なダメージも与えられない。

しかし、夜架とて余裕はないはずだ。

常に紫の魔眼を使ってルクスの意識の波長を読むことに集中すれば、それだけ疲弊《ひへい》も早くなる。

けれど——今の夜架は戦術を、あえて刻撃の一本に絞っている。

あらゆる剣術を繰り出してもルクスと同等の戦いはできるはずだが——、確実な勝利を得るために、特化した戦術で挑んでいるのだろう。

ある意味では、意地と意地の張り合いだ。

愛するルクスを守りたいがために——夜架は己を有能な道具と化す気でいる。

たとえ妃として側にいなくとも、ルクスを危険に晒《さら》すよりは何倍もいいと。

——一方、ルクスは逆の考えでいる。

夜架を、道具として扱いたくはない。

道具となることが夜架自身の望みだとしても、一度それを許してしまえば、ルクスも——旧帝国のように夜架を都合良く扱《あつか》っているのも同然になってしまうから。

彼女を犠牲にして生きていることを、よしとしてしまうから。

（甘い考えだっていうのはわかってる。でも——）

その戦いに挑戦すること、成し遂げることがルクスのこれからの課題であり、生き甲斐《がい》だ。

あのパレードの三日間の中で芽生えた絆《きずな》に、思い出に責任を取るために、夜架を打ち倒す覚悟を決めていた。

「主様のお心遣い――とても嬉しく思いますわ」

対峙する夜架が、《夜刀ノ神《ヤトノカミ》》のブレードを腰に構える。

拮抗《きっこう》した睨《にら》み合いの状況から、徐々に距離を詰めていく。

「ですが、わたくしにも譲れないものがありますの」

夜架の願いは、彼女自信の身を捧《ささ》げても、ルクスを守り抜くこと。

それが自分にとっての幸せだと、夜架は信じている。けれど――。

「夜架――……ッ⁉」

ルクスが呼応するように呟《つぶや》いた瞬間、眼前から夜架の姿が消失した。

不可解な状況に、ルクスの思考が数瞬だが停止する。

が、『洗礼』により得た思考加速の力で、僅か一秒後には何が起きたかを理解した。

（これは――刻撃⁉　けど、今までとは使い方の違う……新型だ！）

本来の刻撃は、対手の意識が途切れる瞬間を見切って、無防備な状態に斬りつける技。

だが、一足飛びで斬りかかれない距離にいない相手には使えない。

だから今のルクスは、少なくとも刻撃を受けることはない状況にいた。

しかし——。

（刻撃のスキルを、自らが姿を消すための技として使った……！）

ルクスの意識が途切れた瞬間を見切り、ルクスの死角《しかく》へ移動し、特装型の機能である迷彩《めいさい》を駆使して姿を消す。

左右か、背後かあるいは上か。

更にもう一秒後、あらゆる可能性にルクスが注意を割いた次の瞬間、なにもない正面の虚空《こくう》から音が弾けた。

ドンッ！　と、地面の土が爆裂したように弾け、正面に隠れていた夜架がルクス目がけて飛びかかる。

相手の意識の切れ目を狙って姿を消し、隠れ。その後は見つかる危険を避けるために一切動かず——二度目の意識の間隙を狙って、特装型の跳躍《ステップ》で強襲する。

「これが——刻影《こくえい》ですわ。間合いの外からでも斬る手段はありますのよ？」

「——ッ⁉」

一度目を潜伏に使って距離を詰め、二度目で斬りかかる。

戦いの天才である夜架の底知れぬ力に、ルクスは驚嘆する。

ふいを突かれ、後手に回ってしまう。

回避、対処、ともに不可能な状況にルクスは陥る。

ギィイインッ！

かろうじて、《バハムート》の大剣による防御がギリギリ間に合ったが、そのとき既に、お互いの剣が深く交わっていた。

「ここまでですわね、主様――《禁呪符号《スペルコード》》」

夜架がたおやかに微笑み、神装を発動させる。

完全に、後手に回ったルクスは、反撃の動作に移れなかった。

そして、《夜刀ノ神《ヤトノカミ》》の神装が、交わった剣を介して注ぎ込まれ、ルクスが纏う《バハムート》の制御を奪う――はずだった、が。


パキイイイイッ……！


「……っ!?」

直後、《夜刀ノ神《ヤトノカミ》》が振るった刀型の特大ブレードが、真っ二つに折れる。

ルクスの持つ大剣との接点が消えた瞬間、ルクスはそのまま防御のために構えた剣を振り抜いた。

「――神速制御《クイックドロウ》」

夜架の纏う《夜刀ノ神《ヤトノカミ》》の障壁を切り裂き、大剣の切っ先が肩装甲をかすめる。

幻創機核《フォース・コア》に衝撃を受けた《夜刀ノ神《ヤトノカミ》》は解除され、夜架は黒衣の生身を月夜に晒した。

「主様も悪い人ですわ。罠《わな》でしたのね――初めから」

「うん。君の刻撃に勝つには、それしかないと思って――」

夜架の不敵な笑みに、ルクスは応える。

初めから、夜架相手に先手を取れるとは思っていなかった。

ブレードにエネルギーを集中させておき、カウンターの極撃《きょくげき》で刀を折るつもりで戦っていたのだ。

この勝負自体、夜架が申し出てきたものだ。

ならば、夜架自身の方から、ルクスに答えを示そうと先手を打ってくるはず。

そこまで読み切っての、ルクスの勝利だった。

「でも、さっきの技は予想外だった。今防げたのはたまたまだよ」

謙遜《けんそん》ではなく、本音だ。

夜架が刻撃のみでの戦いを狙ってくる戦略を示してくれていたから、かろうじて勝てた戦いだった。

「僕が怠《なま》けていれば――いや、まだ見ぬ敵も知らないうちに進化する。それを僕に伝えたかったんでしょ」

ルクスが《バハムート》を解除し、夜架に手を差し伸べて引き起こそうとする。

が、その瞬間、ルクスは違和感を覚えた。

冷たい地面の感触が背中にある。

夜架を見下ろしていたはずが、見上げている。

天地が逆転していることに、ルクスは気づいた。

「夜架……⁉」

「申し上げましたわ。二つ目の勝負は、この戦いが終わったら伝えると――」

驚きに見開いたルクスの目に、妖艶な少女の笑みが映る。

二つ目の勝負。

それは、機竜を纏っていない状況での不意打ちにあったのだ。

夜架はルクスに馬乗りになると、機攻殻剣《ソードデバイス》の切っ先を喉元に突きつけてくる。

その時点で――、勝敗は決していた。

「二つ目は……僕の、負けだよ」

ふう……と、嘆息《たんそく》を漏らしてルクスは両手を上げる。

それが降参の宣言となり、夜架は機攻殻剣《ソードデバイス》を腰の剣帯に収めた。

「やっぱり、夜架に勝つのは。まだ早かったみたいだ」

正直なところ、この二つ目の勝負内容をまったく予想していなかったわけではない。

確かに素手での基礎トレーニングは、公務が忙しく軽めになっていたが、そうでなくとも夜架の攻めをいなすことはできなかっただろう。

「一勝一敗、引き分けですわね。では——主様のご意向に沿うことはできませんわ」

引き分けで勝負なしとなった。

夜架の口調は、目標が達せてどこか嬉しそうでありながら、寂《さび》しげでもあった。

その後は、身体を冷やさないように起き上がり、学園に戻ることにした。

†

深夜の学園の応接室。

汗を拭《ふ》き、着替え終え、怪我《けが》や不調がないことを確認したルクスは、夜架とソファーで向き合っている。

ほぼ全ての女生徒たちは女子寮に戻り、校舎に人気はない。

身体を温めるために熱い紅茶をすすりながら、秘密の戦いの反省会をした。

「でも——わたくしの刻影を見破って防いだのはさすがでしたわ。主様以外であれば、初見では回避できなかったでしょう」

「あはは……。それで、生身で使ってきたさっきの技はなんだったの？」

「古都国《ことこく》において伝わる、人体のツボを突く秘術《ひじゅつ》ですわ。わたくしの奥の手ですのよ」

フィルフィの使っていた武術と多少似通っているが、夜架のそれは、更に人体の急所を指圧することで、身体の自由を奪うらしい。

「やっぱりすごいね。夜架は――いくら『洗礼』で肉体が強化されても、まだまだ敵わないや」

純粋な腕力ならばルクスの方が上のはずなのに、力の使い方であっさりと負けてしまった。

「それでは、わたくしの立場は、今まで通りということで――」

黒衣を纏った夜架が、ソファーから腰を上げる。

これで、この一件は終わりのつもりだったのだろう。

だが――。

「うん。ひとまずはね」

ルクスがそう告げると、夜架はぽかんと口を開けた。

「どういう、意味ですの？」

「二つの勝負に、二つとも勝てば、夜架は妃になってくれるんでしょ？　なら――また改めて挑戦するよ。もっと腕を磨いてね」

「…………」

黒衣の少女は驚きに目を丸くして、ルクスを見つめる。

なんだか珍しい表情で、可愛《かわい》らしく思えた。

「ええと──、それは……」

「諦めないよ」

夜架の言葉を遮《さえぎ》って、ルクスは力強く微笑む。

「装甲機竜《ドラグライド》での勝負は勝てたわけだし、今度は生身《なまみ》でももっと強くなってみせる。夜架が自分を殺して道具にならなくても、安心できるくらいに」

「…………」

それこそが、ルクスの目標だ。

五人の妃を迎えることで立場が複雑化し、身の危険が増すであろうルクスを案じる夜架が、影として生きなくてもいいように、自ら強くなってみせるとルクスは言っていた。

夜架が納得できるよう、努力すると。

「どうしてですの？　わたくしの立場などのために、そこまで──」

「だって僕は──夜架に人でいて欲しいから」

人の心がない人外《じんがい》の姫だと、夜架の両親は彼女を恐れた。

夜架自身も否定する気はない。己の能力を頼りに自らの使命を貫ければ、それでよかったのだ。

けれど──ルクスは道具である夜架を人として見てくれる。

それだけでなく、愛という感情が芽生《めば》えた夜架を、ひとりの少女として愛しているということを告げていた。

十数秒もの間、夜架は驚きの表情のまま立ち尽くし、やがてルクスの意志を受け入れたように、頬を染めて妖艶に微笑んだ。

「――敵いませんわね、主様には。わたくしも、己の使命には忠実だと思っておりましたけど」

小さな嘆息とともに、夜架の身体から力が抜ける。

対面に座っていたルクスの隣《となり》に腰かけると、そっと肩を寄せてきた。

「わたくしなどより、ずっと強情ですわ。初めてお会いしたときも、今も――」

「じゃあ、引き続き挑戦は受けてくれるってことでいい？」

今後、二つの戦いで、夜架を打ち負かした際は、正式に王妃《おうひ》となることを受け入れると。

「ええ、喜んでお受けさせていただきますわ。けれど――簡単にはいかせませんわよ。手を抜いて負けて、主様を危険に晒すわけにはいきませんから」

くすりと笑みを漏らし、夜架が意味ありげに呟く。

「あはは……」

と、ルクスは苦笑するしかなかった。

装甲機竜《ドラグライド》では互角だが、白兵戦で夜架を倒せる自信はまだまだない。

それでも、なんとか実現させようと思う。

他の少女たちのことや公務もあって簡単ではないだろうが――皆で守ったこの世界に平和をもたらすための努力ならば、辛《つら》くはない。

「それじゃ、疲れたし今日はもう寝ようか？　――!?」

ルクスがそう言って立ち上がろうとした刹那《せつな》、呼吸が止まる。

柔らかな少女の唇《くちびる》が重なる感触に、思考が一瞬停止した。

熱い舌が差し込まれ、唾液《だえき》のぬめりの感触が、脳髄《のうずい》を痺《しび》れさせる。

ほんの十数秒の間、少女の口づけに意識が飛んでいた。

「こちらの勝負に関しては、まだまだ弱いようですわね」

ぷはっと息をついて、頬を紅潮させた夜架が微笑む。

「ちょっ、夜架。その――!?　ここ、一応、学園の中……ッ！」

ドクドクと心臓を鳴らしたルクスが、慌《あわ》てて止めようとする。

しかし、黒衣の少女は止まらなかった。

ルクスの手をつかんで動きを封じながら、ソファーの上へ押し倒してくる。

そのまま再び唇をついばみ、更に胸の膨らみを押しつけてきた。

「ぷはっ……！　はぁ、はぁ……っ！」

美しい黒髪の少女が、ゆっくりと黒衣をはだけて裸の上半身を晒す。

その表情は恍惚《こうこつ》と期待にとろけ、妖しい色気を放っていた。

「主様のせいですわ。あんなに情熱的に愛を囁かれては——わたくしもおかしくなってしまいますもの」

「あの、夜架……。ひょっとして、暴走してる？　あ……っ」

焦《あせ》りながら、顔を赤くしたルクスはもがく。

しかし、ルクスのはだけられた胸元に夜架の指先が這《は》わされると、それだけで不思議な感覚に襲われ、動きを制御されてしまう。

少女の甘い香りが、ルクスの頭をぼうっとさせる。

二人の吐息が間近で混ざり合う。

数を忘れるくらい、幾度《いくど》も唇が重なる。

夜の気温すらまるで気にならないほど、ぴたりと触れ合った身体は熱かった。

「お慕《した》い申しておりますわ。——わたくしの愛しい人」

とろけた表情で微笑む夜架を見て、ルクスも意識があやふやになる。

人の心を持たないと見捨てられた人外の少女が、今や自分から愛をぶつけてきた。

その不器用な仕草が、初々《ういうい》しい心の芽生えが、ルクスにとっても愛《いと》おしい。

(——やっぱり、夜架は人だったんだ)

その心の機微《きび》がわかりにくいだけで、少女は人間だった。

初めからそう思っていたが、夜架自身の反応を見て嬉しく思う。

「うん。ありがとう、夜架」

今まで忠実に仕えてくれた少女に対する感謝と、万感を込めてルクスは告げる。

少女の髪を優しく撫《な》でると、夜架は嬉しそうに頬をすり寄せてきた。

模擬戦の疲れすら、今はなかったように忘れてしまう。

二人きりの時間は短く、いつしかルクスの意識は、暗闇に滑り落ちていた。

†

全ての体力を使い果たしたような気怠《けだる》さがある。

「主様、おはようございます」

「ん、うう……。あれ？　夜架――？」

気づけばルクスは、ベッドの上だった。

木造の――見慣れた女子寮の自室。

時計の針が示す時刻は早朝だ。

寝ているベッド側の椅子に、制服姿の夜架が座ってこちらを見ている。

（おかしい……。学園にいたはずなのに、いつの間にか女子寮で寝てるし）

確か夜架を妃にするために説得しようとして、決闘をした直後くらいまでは覚えているのだが――そこからの記憶がやや曖昧《あいまい》だ。

「もうじきノクトさんが来られますから、その前にお別れの挨拶《あいさつ》だけでもしておこうと思いまして。わたくしはこれからも、基本的には身を隠しておきますので」

「それって――」

夜架が身を隠すというのは、特別な意味を持っている。

賊《ぞく》や暗殺者からルクスを守るために、これからも姿を隠して、ひっそりと周囲を警戒してくれるのだろう。

「やはりわたくしは、主様の影としてお守りしたいと思いますわ」

「そっか……」

つまり現状、夜架は妃になるつもりはないということだ。

「でも、また挑戦は受けてくれるんでしょ」

それでも、ルクスは夜架を妃にすることを諦《あきら》めはしなかった。

白兵戦の腕でも、いつか彼女を打ち負かして王妃にしてみせる。

夜架だけ『別枠』になどさせたくはない。

ベッドから半身を起こしたルクスが、そう決意を新たにして拳を握ると、少女は応じるように微笑んだ。

「いつでもお受けいたしますわ。わたくしも主様のために、ひたすら刃《やいば》を磨き続けておりますので」

そして少女もまた、ルクスの腕を平和ボケで鈍《にぶ》らせないために。

生身の実力を上げさせるために、これからも勝負につき合うことを快諾《かいだく》した。

「ですが――、わたくしを妃にしたいのでしたら、もうひとつ手段がありますわよ」

「……え？」

制服姿の夜架が、きょとんと首を傾げるルクスの側へ歩み寄る。

そして、耳元に形の良い唇を寄せ、甘く囁いた。

「主様が――わたくしを身重にしてしまえばよいのですわ。そうすればさすがのわたくしも、護衛は不可能になってしまいますから」

「――ッ!?」

夜架の頬がうっすらと朱に染まっている。

直球の情愛を告げられて、ルクスも一瞬で顔に火がついた。

「ちょっ……!?」

「なんでしたら、そちらで頑張《がんば》っていただいてもいいんですわよ？　これから毎日、昨晩の続きをしていただいても――」

そう言いながら、夜架はルクスに体重を預け、隠れた片目で流し目を作ってくる。

彼女からの情熱的なアプローチに、理性が再び決壊《けっかい》しかける。

（ま、まずいっ！）

恋愛的にも結ばれてしまったことで、夜架からの誘いに弱くなっていることをルクスは実感する。

しかし、女子寮の中で後輩の少女とこれ以上イチャつくわけには――。

「ルクスさん、起きていらっしゃいますか？　本日からのスケジュールですが……、あ――」

ドアをノックした直後のノクトの声が、なにかを察したものに変わる。

「Yes. 最近こういう役回りばかりですので、あえて立ち去らずに一部始終《いちぶしじゅう》を見ていてやろうかと思います」

「待ってよ！　別に今は何もしてないから！　大丈夫だから！」

ジト目で告げるノクトに、ルクスは慌てて弁解する。

「ええ、わたくしなら構いませんわよ。それより、ノクトさんがご一緒でも――」

「更なる誤解を招《まね》かないでっ……！」

人形だった少女は、日々ルクスの側で人になっていく。

そんな毎日も楽しいかもしれない。

ただ、夜架の明け透けな言動を見る限り、仮に妃の立場になったとしても、まだまだ問題はありそうだった。

Episode6　親愛なる友の近衛たち（三和音編）

「――ルクス王。陛下《へいか》、お目覚めになってください」

「ん、んん……」

早春《そうしゅん》の匂《にお》いがする朝の空気。

カーテンから差し込む陽光を感じながら、ルクスは微睡《まどろ》みの中にいる。

抑揚《よくよう》のない冷静な声が、規則正しいリズムで鼓膜《こまく》を打つ。

その懐《なつ》かしい声に薄目《うすめ》を開けたとき、黒髪の少女の顔があった。

「起床時間です。本日の予定ですが――まずは」

「ちょっ、ちょっと待ってよノクト⁉」

ルクスの意識が覚醒《かくせい》し、思わず起き上がって声を上げた。

「……なんでしょうか？　予定の起床時間は正しいはずですが」

ノクトは相変わらずの無表情だが、気になったのはそこではない。

ここは、王都にある王城だ。

これから国王として公務を受け継ぐことになるルクスは、武官《ぶかん》や文官《ぶんかん》との顔合わせ、会議や会談のために、城塞都市《クロスフィード》からここへ来ていたのだ。

今回はほんの二日だが、王都に滞在する予定で、その間の護衛やら補佐は三和音《トライアド》が受け持っていた。

だから、この出来事自体は、何もおかしなことはないわけだが――。

「そうじゃなくて、その格好《かっこう》は――」

と、ルクスがまじまじとノクトを見て尋《たず》ねる。

黒と白を基調としたシンプルなメイド服と、頭のホワイトブリムは、ノクトの性格や立ち振る舞いにぴったりだ。

「似合いませんか？　それは心外です。従者《じゅうしゃ》の家系であるリーフレット家の者として、これが正装《せいそう》のつもりですので」

変わらぬ真顔だが、心なしか不満げなジト目でノクトは言う。

「いや、似合ってるけど、さ」

「Yes.安心しました。では、陛下は顔を洗って着替えてください。本日の礼服は用意済みですので」

寝室のテーブルには、水を張《は》った桶《おけ》と、綺麗《きれい》に畳《たた》まれた礼服が用意されている。

一流の侍女《じじょ》を自負《じふ》するノクトらしく、準備万端《じゅんびばんたん》のようだ。

が、着替える前に一言、ルクスから言っておきたいことがあった。

「あのさ、その『陛下』って言い方、なんとかならない？」

友人として、仲間として、どこか他人行儀《たにんぎょうぎ》に感じる。

そう言いかけたルクスに対し、ノクトは呆《あき》れた半目《はんめ》で応じた。

「No. ルクスさんはもう本当の王様になるんですから、人目がなくても王城ではこういう癖《くせ》をつけておいて間違いはありません。リーフレット家の者として、承諾《しょうだく》いたしかねます」

「…………」

キッパリと断るノクトに対し、ルクスは少し考え込み。

「ごめん。そうだね、自覚が足りなかったよ」

そう言って謝ると、顔を洗って着替え始める。

たとえ、たった一年。

国王の象徴としての役割を務めるだけだとしても、考えが甘かったと反省する。

言動から、今の立場を自覚して動けなければ、ただの道化《どうけ》にしかなれないだろう。

かつては皇族《こうぞく》であった者として、ラフィ女王亡《じょおうな》きあとの国を立て直すのに全力を尽くす。

その心構えが、日常の中で緩《ゆる》みかけていた。

「朝食のご用意ができておりますので、こちらへ」

早くも城内の構造を把握しているのか、ノクトが部屋の外へ誘導する。

石造りの回廊《かいろう》には、ケープを羽織《はお》り、剣帯《けんたい》を身につけたシャリスが立っていた。

少し離れて、ティルファーも顔を見せる。

おそらく、夜架もどこかで見張っているのだろうが――ルクスの身に危険が迫らない限り、出てこない。

この二日間の滞在は、基本的には三和音《トライアド》のみが、ルクスを護衛《ガード》するのだ。

（よし、気合いを入れ直して、油断せず仕事をしないと！）

ルクスが胸を張って食堂に向かう途中、ノクトがそっと声をルクスにかけてくる。

「あ、先ほどの件ですが――城塞都市《クロスフィード》に帰ったら、国王様の望まれる通りにお呼びいたします」

「うん。ありがと、ノクト」

彼女の友人としての心遣《こころづか》いに感謝して、ルクスは次期国王としての一日を始める。

今日も忙しくなりそうだった。

†

王都での視察と会議だけで初日が過ぎた。

国防のための議論、今までの戦いで傷ついた兵たちの補償《ほしょう》。

遺跡《ルイン》の管理と安定化、装甲機竜《ドラグライド》の扱《あつか》いに関してなどなど――議論は尽きることはなかった。

もちろん、それぞれに補佐する専門家の文官がいるので、ルクスは意見を聞き、ディストとともに大まかな指針を示していくだけなのだが――これがなかなか簡単ではない。

戦いに一区切りついたとしても、復興の問題は山積みなのだ。

『創造主《ロード》』との戦いで武勲《ぶくん》を上げたことをアピールし、遺跡《ルイン》からもっと資材を持ち出せ――あるいは遺跡《ルイン》そのものを利用しろなどと言う声も上がっている。

（けど――それはダメだ）

自分たちだけが良ければいいと、遺跡《ルイン》の技術を使えば、確かに復興の点で大きく楽にはなるだろう。

しかし、領内に三つの遺跡《ルイン》を持つ新王国が、好き勝手に遺跡《ルイン》の資材を持ち出せば、各国も黙ってはいないだろう。

新王国の軍力だけが突出することを恐れて、おそらく他の遺跡《ルイン》でも不法侵入を試みるに違いない。

そうなれば――再び遺跡《ルイン》の奪い合いという戦争に発展する。

だから、『創造主《ロード》』の生き残りであるエーリルに、中立な立場での管理を頼んだのだ。

彼女の許可を得て、世界に配分される装甲機竜《ドラグライド》の量をコントロールしつつ、徐々に遺跡《ルイン》を凍結させる指針を示した。

各国はこれから、戦いで生まれた損失と向き合わねばならない時間が始まる。

これ以上の増税を民に課したくはないが、遺跡《ルイン》に頼らない国作りを目指すならば、覚悟する必要もあるだろう。

が、貴族の武官や文官には、それで納得しない者もいる。

誰もが、自分と自分の仲間たちだけは救ってくれと希《こいねが》う。

たった一年の仮初《かりそ》めの国王の身でも、大変だ。

(ラフィ女王《じょおう》様、リーシャ様……)

二人が背負おうとしていたものがどれだけ重いかを、今更ながらにルクスは実感する。

騎士としてではなく、王としてはどこまでやれるかわからない。

けれどこの一年、できる限りの全力を尽くそうと、ルクスは集中して公務に取り組んだ。

†

早くも公務の二日が終わった。

城内の休息室にて、ぐったりとソファーの上で伸びきったルクスの周囲には、三人の少女が付き従っている。

「お疲れ様——ルクっち」

近衛騎士《このえきし》としてのティルファーが、疲労で干物《ひもの》のようになっているルクスに声をかけると、隣《となり》でメイド姿のノクトが呆れる。

「ティルファー。私の気配りを台無しにしないでください」

「あ、そうだった。国王様、ルクス様ー！　陛下！」

慌《あわ》てて言い直す茶髪の少女に、礼儀《れいぎ》と緊張感は微塵《みじん》もなかった。

今は三和音《トライアド》以外は周囲に誰もいないので、そこは救いだが。

「やれやれ、国王をからかう近衛なんて前代未聞《ぜんだいみもん》だよ。これは、あとで陛下からお叱《しか》りを受ける必要があるね」

「えっ……。それって、えっちなヤツとかじゃないよね？」

と、シャリスの指摘に対し、ティルファーはおどけてみせる。

それを見たシャリスは、影のある笑みを浮かべてみせた。

「直接処罰を与えるのは私だよティル。少しお仕置《しお》きをしないとわからないようだね」

「あ、嘘《うそ》。ごめん……反省してます」

「城塞都市《クロスフィード》に戻ったら演習場の周りを二十周してもらおうか？　手始めにね」

「悪かったから！　ほんとにーー！」

慌てふためくティルファーの側で、ルクスはゆっくりと身体を起こす。

そして、苦笑をティルファーに向けた。

「十周でいいよ。今回はね。これから王城や王都では気をつけてね、ティルファー」

「え、いいの？」

涙目《なみだめ》になりそうだったティルファーが、驚きつつルクスに聞き返す。

「うん。昨日と今日は移動のときも護衛を頑張《がんば》ってくれてたし。でも、けじめだから半分ね」

「わーい！　ありがと……うございます陛下！」

途中でシャリスとノクトに肩を叩《たた》かれ、慌てて口調を軌道修正《きどうしゅうせい》する。

やれやれとため息をつきつつ、シャリスはルクスの隣に寄り添《そ》った。

「陛下の恩情《おんじょう》、感謝いたします。ですがほどほどにしてくださいね。甘えを許せばつけあがってしまうのが人の常です」

「Yes.陛下はお優し過ぎるかと」

「あはは……。僕もまだまだ自覚が足りないみたいだから、これからってことで」

正直なところ、ティルファーの気安い言葉のかけ方には助けられている。

ルクス自身が次期国王となることを望んだので、近衛として側《そば》につける三和音《トライアド》との関係も、表向きは堅苦しくなってしまうのだが、感情の面では寂《さび》しくなる。

が、そんな甘えたことは言っていられないのだろう。

ルクスの王としての仕事に、こうして気心のしれた仲間がつき合ってくれている時点で、十分に恵まれている。

彼女たちも、本来はそこまでする義務はなかった。

けれど――三人の方から、ルクスの近衛になりたいと申し出てくれたのだ。

その気持ちが本当に嬉《うれ》しい。

だから今回の旅では、その埋め合わせをしたいとルクスは思っていた。

「陛下、そろそろお休みの時間です。湯浴《ゆあ》みをなさってください」

ノクトが用意してくれた、ルクスの体調を整えるための食事を食べ、入浴して床《とこ》につく。

さすが、従者の家系として一流を目指している彼女は、あらゆる面で完璧だった。

†

王都での二日間の公務を無事に終えた翌朝――、城塞都市クロスフィードへ帰る日がやってきた。

いつも通りメイド服のノクトが、ルクスの部屋をノックし鍵《かぎ》を開ける。

ルクスを起こすと、続いてシャリスとティルファーも入ってきた。

三人とも学園の制服に着替えつつ、帰国の準備を整えている。

予定では、昼までに学園に戻って、今日と明日は城塞都市《クロスフィード》で身体を休める予定だったはずだが――。

「陛下、おうかがいしたいことがあるのですが――」

ノクトはメイド服のまま、一枚の紙を手にし、首を傾《かし》げている。

「予定表に、何故《なぜ》か新しい空白日《くうはくび》ができているのですが？」

「うん。今日はちょっと、帰る前に観光地でゆっくりしようと思ってさ」

「……予定にないのですが」

「予定、変えてみない？　どっちみちこの日は休みでしょ。帰る途中に町もあるし、ちょっと遊んでいこうよ」

ノクトがジト目を作り、ルクスからティルファーに視線を移す。

「ティルファーのせいですよ。あなたがいい加減に振る舞うから、陛下が堕落《だらく》してしまいました」

「そこまで私のせいなのっ⁉」

いきなり罪状を読み上げられ、ティルファーが狼狽《うろた》える。

「まあ、待ちたまえ」

そこにリーダーのシャリスが割って入り、二人を仲裁《ちゅうさい》する。

ルクスに向き直ると、慇懃《いんぎん》にその場で膝《ひざ》をついた。

「陛下、それは必要なことでありますか？　休息も大切なお仕事のうちですよ」

「うん。でも、そのあとはスケジュールにしばらく空きがないから」

実際、五人の王妃《おうひ》を迎える予定のせいで、公務も倍増している。

「なればこそです。ここは観光などせず、しっかり身体を休められてはいかがでしょう」

「僕も休むつもりだよ。だから、途中にある中継都市《スクエア》に立ち寄ろうと思って、アイングラム商会の経営する大型の宿もあるし」

中継都市《スクエア》とは、王都と城塞都市《クロスフィード》の間にある小さな町だ。

美しい自然に囲まれ、観光スポットや貴族の別荘《べっそう》地帯でもあるため、息抜きに向かう者も多い。

ルクスは雑用で数回ほど立ち寄ったことはあったが、学園に来てから行ったことは一度もなかった。

「あの、話が今ひとつ見えないのですが？」

と、ノクトが再び申し出ると、ルクスは困ったように苦笑し、告げた。

「以前、みんなで言っていた卒業旅行だけど、ここでしていかない？」

その一言に、三和音《トライアド》の全員が目を丸くした。

†

それから一時間後——午前中。

王都から少し離れた中継都市——スクエアに、ルクスと三和音《トライアド》はやってきていた。

まずはアイングラム商会と関わりのある大型の宿へ向かい、部屋が空いていないか確認する。

満室であれば、他の宿ではつてがない上にセキュリティが甘いため、そのまま城塞都市《クロスフィード》へ帰るつもりだったが、幸いにも四人部屋がひとつだけ空いていた。

「よかったね。運良く空いていたようだ」

「Yes. 日頃の行いでしょうか」

シャリスがほっと息をつき、ノクトも頷《うなず》く。

更にティルファーが、悪戯《いたずら》っぽい笑顔を見せた。

「まあ、もうちょっと続けたかったけどね――。ルクっちお姫様抱っこ大会」

「あはは……。さっきのあれは、ちょっと恥《は》ずかしかったかな」

「Yes. ルクスさんのせいでもありますが」

と、ぼやきに対しノクトが突っ込む。

突如《とつじょ》予定を変更して、観光旅行に一日費《つい》やすことにしたわけだが、その移動の際に、ルクスが機竜を纏《まと》うことを三和音《トライアド》は止めたのだ。

完全な休息日を潰してまで遊ぶと決めたのであれば、体力を温存させるために移動の際もルクスには一切機竜を扱《あつか》わせず、三和音《トライアド》の少女たちが交代で抱きかかえて運ぶことにした。

そのことを言っていたわけだが、ルクスも大人しく受け入れた。

「じゃあ、町は僕が案内するから、行こうか？」

無事にチェックインを済ませたあと、ルクスは皆をリードすべく歩き出す。

たった一日だが、三和音《トライアド》との卒業旅行が始まる。

ルクスがそう申し出た理由は、数週間前のある日に遡《さかのぼ》る。

†

「――卒業旅行？」

「ああ、よかったらルクス君も一緒にどうだい。歓迎するよ？」

しばらく――全ての戦いを終えて一段落したある日の夜。

女子寮の廊下にて三和音《トライアド》を見かけた際、そうシャリスから声をかけられたのだ。

「私たちは奇跡的にも、無事に五体満足で生き残れたわけだし、三和音《トライアド》としての活動ができる今のうちに、記念旅行でもしようと思ってね」

「ああ……。三月には、シャリスさんも卒業しちゃいますしね」

シャリスが卒業すれば三和音《トライアド》としての活動は、一区切りつくという形になるのだろう。

もともと三和音《トライアド》というのは、遊撃部隊の『騎士団《シヴァレス》』と違って、正式なチームなどではない。

仲のいい幼馴染《おさななじ》みである彼女たち三人が、そろって行動するための名目《めいもく》のようなものだった。

だから、誰かひとりでも生徒として欠けてしまえば、成立しない。

それがわかっているからこそ、記念として旅行したいのだろう。

「そーそー。どっかの観光地でゆっくりする予定だから、ルクっちも行こうよー」

と、ティルファーが気さくに腕を絡《から》めて誘ってくる。

「でも、いいのかな。僕なんかが割り込んで」

「Yes. 問題ないかと思われます。それにこれから、次期国王となるルクスさんの近衛として
——立候補しようと考えていたところですので、親睦《しんぼく》を深める意味でも」

「——ええっ⁉」

「ちょっとルクっち、声が大きいよ。まだ国王様になるのも極秘事項なんでしょ？」

「う、うん。そうだけど——」

「じゃあ、これから私たちの部屋に来たまえ、秘密の話はそこでしよう。紅茶とお茶菓子も持ってね」

「Yes. 食堂で用意してきます」


シャリスの指示をノクトが忠実に実行し、女子寮の一室でお茶会が開かれた。

そこで紅茶をすすりながら、改めて秘密の話をしたのだ。

「どうだいルクス君。君が国王として働く一年間——私たちを近衛にしてくれないかい？」

——と。

シャリスの申し出に驚き、ルクスは目を見開く。

「君もこれから一年間、本格的に次期国王として働くんだろう。もちろん、妃となる彼女たちも凄腕《すごうで》だが、護衛にするわけにはいくまい」

「うん、ルクっちも、たぶんするつもりないと思うけど」

ティルファーも頭の後ろで手を組むポーズをしながら、含《ふく》みのある表情で言う。

「Yes. おそらく聡明《そうめい》なルクスさんであれば、理由を話さずともわかるかと思いますが——」

「まあ、なんとなく想像はつくけど——……」

最後にノクトから視線を向けられ、ルクスは困ったように頬《ほお》をかいた。

そうなのだ。

リーシャ、クルルシファー、セリス、フィルフィ、夜架。

夜架を除く、国内外で立場のある四人が妃になれば、それだけ彼女たちの立場も複雑になる。

彼女たちを妃にすれば『護衛』として扱うことはできない。

ましてや、妃と連れ添うところに、他の妃を護衛につけることなどあり得ない。

だから、別に護衛をつけるというのは必須《ひっす》なのだ。

「気乗りでないなら仕方ないけどね。私たちの腕はまだ、王妃様たちには遠く及《およ》ばないからね。最後の戦いでも、今ひとつ活躍できなかったし——」

シャリスがそう、寂しげな口調で言う。

が、ルクスはすぐにかぶりを振った。

「そんなことないよ。その、三和音《トライアド》のみんなが側についていてくれたら——これ以上、心強いことなんて他にないから」

「…………」

心からほっとしたルクスの笑顔に、三和音《トライアド》の少女たちは見とれ、言葉を失う。

一年間、共に死闘を乗り越えた仲間たちだから——。

お互いをよく知り、信頼できる絆《きずな》があるから——。

あえて言葉を尽くさなくても、ルクスの表情がそう物語っていた。

三和音《トライアド》が近衛を申し出てくれたことを、心から喜んでいると。

「——まったく、ずるいな君は」

十秒後、頬を朱に染めたシャリスが、苦笑とともに呟《つぶや》く。

「え?」

「そうやって、天然で回りの女子たちを誑《たぶら》かせているのだからね」

「あ、でも、これ以上の妃様の追加はダメだからね～」

「Yes. 際限がなくなってしまいますので」

ティルファーとノクトも、シャリスの援護射撃をする。

「わ、わかってるよ！　あれは、《ウロボロス》のループのせいもあるから、特別なわけであって――」

と、狼狽えつつ、そのやりとりが照れ隠しだとルクスは気づいた。

シャリスもティルファーも、そして無表情のノクトも、嬉しそうな笑みを隠せずにいたのだ。

その反応に内心喜びつつ、ルクスは深呼吸をひとつ。

背筋を正して、改めて三和音《トライアド》たちに向き直る。

「僕の方からもお願いするよ。これから一年間、よろしくお願いします。ありがとう、みんな」

その翌日、早速ルクスは三和音《トライアド》を公務の護衛につけることを周囲に表明した。

リーシャを初めとする五名の妃たちや、妹のアイリや学園長のレリィ、ディスト卿《きょう》も快諾《かいだく》し、三和音《トライアド》は正式に、ルクスの近衛として生まれ変わったのだった。

†

そして――今、中継都市《スクエア》にて、ルクスと護衛の少女たちははしゃいでいた。

馬車で観光場所を巡《めぐ》り、景色を楽しみながら、ゆっくりと町並みを見て回る。

ようやく戦争が終わったおかげで、ちょうど延期されていた祭りが開かれており、あちこちの店が賑《にぎ》わっている。

「ルクっち、こっちこっちー！　占いやろー、当たるんだってさ」

「いいけど、ちょっと怖いかな。国政のことで悪い結果が出たら嫌だし」

と、誘ってきたティルファーに対し、ルクスが苦笑すると、

「じゃあ、私たちとの相性を見てもらえばいいじゃないか」

シャリスがそんなことを言って茶化《ちゃか》しつつ、結局やらされた。

途中《とちゅう》で劇団《げきだん》のショーを見て、昼食として都市の名物料理を食べる。

食後に的当てなどの勝負を四人で競い、午後は馬車で更に移動する。

あとは、名物のカジノで三和音《トライアド》は負けたが、ルクスは幸運にも大当たりを出し、夜は全員で祝勝パーティーをすることに決めた。

シャリスはリーダーらしく、遊んでいるときもルクスのリードをしてくれた。

ティルファーは、ルクスがリラックスできるように、終始《しゅうし》明るい笑顔で話しかけ、ムードを作ってくれた。

ノクトはしっかりと雑事《ざつじ》をこなし、細やかな気配りで寄り添ってくれた。

とはいえ、徐々に全員が素《す》の自分を出し、雰囲気《ふんいき》が緩くなる。

そんな何気なくも——底抜けに楽しい一日が過ぎていく。

夕方からは打ち上げと称してレストランで料理を食べ、大いに呑《の》み、大いに盛り上がった。

女子寮で痴漢《ちかん》と間違われ追いかけられた三人との出会いから、今の戦いまでの思い出話にルクスも交じり、喜びを分かち合う。

そして――夜。

町の明かりが少なくなってきたころ、いよいよ無礼講《ぶれいこう》の時間がやってきた。

最後は宿の一室に集まって、部屋で呑むことになった。

既に酔っているノクトが、ルクスに向かってグラスを差し出す。

「ルクスさん。お酒を注いでいただけますか？　まだ残っていますので」

「さすがに飲み過ぎじゃない？」

空になったワインボトルが、数本ほど辺りに転がっている。

ワインをブドウの果汁《かじゅう》と水で割ったものを飲んでいるので、そう強くはないはずだが、全員ハメを外しまくっていた。

「No. 薄めたお酒ですから平気です。注いでくれないならルクスさんに呑ませますよ？」

酔っ払ったノクトにジト目で睨《にら》まれ、ルクスは苦笑する。

基本的に、酒はほとんど呑まないと思っていたノクトだが、さすがに卒業旅行ということで大胆《だいたん》になっているのだろう。

論理的な部分を残したまま、酔っ払っている姿は面白かった。

「じゃあ、もう少しだけね」

「ルクっち、こっちもだよー。今回は私をもてなしてくれなくちゃ、ひっく」

ノクトのグラスにワインを注ぐと、反対からティルファーが袖《そで》を引っ張ってくる。

ついでに、自分の腕をルクスの首に絡《から》めてきた。

昼間は彼女たちが、ひたすらルクスを気遣ってくれたが、今はだいぶ理性が溶けてきているようだ。

そんな、初めて見る彼女たちとの時間も悪くはない。

むしろ、今までルクスにつき合ってくれたことを思えば、彼女たちの思い出の輪に入れるのは嬉しく思えた。

友人すらいなかったルクスにとって、おそらく彼女たちが、初めての友達だったから。

「しかしそうか、ルクス君が国王になることも、もうじき国民に発表か……」

対面のソファーに腰かけるシャリスが、グラスを揺《ゆ》らして微笑《ほほえ》む。

三人の中でもお祭り《イベント》好きなシャリスだが、酒に強いのか、まだ他の二人より、幾何《いくばく》かは理性が残っているようだった。

「ふふ、私たちの学園の風呂《ふろ》を覗《のぞ》き、忍び込んできた頃とは、だいぶ違う立場になってしまったね」

「あれは、屋根が崩れ落ちたせいです！」

「あっはっはっは」

ルクスはキッパリと否定するが、シャリスは笑い飛ばす。

やはり表面上落ち着いているだけで、だいぶ酔っているようだ。

「ところでルクっちは、愛妾《あいしょう》とか作るつもりないのー？」

更に目がとろんとしたティルファーが悪戯《いたずら》っぽい笑みで、ルクスを見上げてくる。

「あはは。いくら僕でも、さすがにそこまでは――……ッ⁉」

ルクスが自嘲《じちょう》気味に笑った直後、目の据《す》わったティルファーが、ぎゅっと正面から抱きついてくる。

「いいよー。ルクっちの愛人なら、なってあげてもさー」

「ちょっ、ちょっとティルファー、落ち着いて。もっと自分を大切にしようよ」

戸惑《とまど》いつつも、ルクスが慌ててそう宥《なだ》めようとすると、ぷーっと頬を膨《ふく》らませて、ティルファーが抗議した。

「自分を大切にしてるから言ってるんじゃんかー！　その方が、幸せだと思うし……」

「…………」

ルクスがきょとんとして、目を丸くする。

ほんの数瞬、空気の流れが止まった、が。

「さて、私はそろそろ風呂にでも入るかな？　どうだいルクス君も一緒に」

「あの、ちょっと酔《よ》いを醒《さ》ましてください」

「おおっとそうだった。君には愛する五人の妃がいるんだったね。私たち近衛程度の要望を聞くわけにはいかないだろう」

と、芝居《しばい》がかった口調でシャリスが前髪をかき上げ、おどける。

どうやら一番酔っていないと思っていた彼女までもが、若干《じゃっかん》めんどくさいモードになってきているようだ。

とはいえ、冗談でも一緒に入浴することはできない。

「やっぱり、僕はひとりで先か、後に入るってことで――」

そう告げた瞬間、隣で呑んでいたノクトが、ルクスの腕に抱きついてくる。

頬が赤く染まっているだけで無表情だが、その胸の膨らみの感触に、ルクスはドキリとした。

「Yes. しかし、ルクスさんひとりで入浴させては、近衛としての私たちの義務を果たせないのではないでしょうか？」

「ちょっ⁉　ノクトまで何言ってるの⁉」

話が怪しい方向に加速し始め、ルクスは戸惑う。

「いいじゃんルクっちー。せっかくの卒業旅行なんだしー」

反対側の腕を、今度は酔ったティルファーがロックしてきた。

「…………」

戸惑いながら、ルクスは思う。

三人とも今までにないほど酔っ払い、モラルが崩壊《ほうかい》しているようだ。

シャリスも、ティルファーも、ノクトも、魅力的な少女だと思う。

だが、ルクスはこれ以上妃を増やすわけにもいかず、けじめの線引きをしなくてはならない。

なにより――かってないほど酔って、わけがわからなくなっている状態の彼女たちに、そんな真似《まね》をさせるわけにはいかなかった。

「あの、代わりにみんなのお願いを聞くからさ。それはやっぱりなしってことで」

「………………」

必死の思いで誘惑を振り切ったルクスの苦笑に、三人の少女は顔を見合わせる。

数秒後、ジト目のノクトがぼそっと囁《ささや》いてきた。

「ちょっと、揺れていましたね。私たちとお風呂に入ってしまおうか」

「だねー……。これはアイリちゃんとお妃様たちに言っておかないとね……」

若干引いたような笑みを作り、ティルファーが乗っかる。

「うむ。これはやり方次第では浮気《うわき》してしまう可能性もあるな、次期国王が暴走しないように、私たちがしっかり監視しなくては――」

しみじみと、真剣な面持ちでシャリスがまとめる。

どうやら三人のコンビネーションに、見事ひっかかったようだ。

「お願いだからやめて！　先にお風呂入ってくるから……！」

空気が変わったところで、赤面したルクスは逃《のが》れ、慌てて一階の大浴場に向かった。

†

ルクスが湯浴みに向かったあと、残された二階の大部屋で、シャリスたちは顔を見合わせ秘密の会話を交わしていた。

窓を開けて夜風を浴びたせいか、先ほどまでより、少しだけ酔いが醒めていた。

「で、あの発言は、どこまで本気だったんでしょうか？ ティルファー」

「二人のフォローでなんとか誤魔化《ごまか》せたけど、割と全部……」

ノクトの指摘にティルファーが項垂《うなだ》れると、シャリスも頷く。

「うん。どうやら今夜は、ハメを外し過ぎたようだ」

「Yes. 危ないところでした」

それ以上、三人は何も言葉を交わさない。

言わなくてもわかっていたのだ。

ルクスと結ばれることは決してなくても、ルクスを支える近衛という形で側にいたいと

——お互いが話し合って決めたのだから。

気心の知れた仲だからこそ、言わずともわかっていた。

「まったく、罪作りな王子様だ。ルクス君は」

けれど、五人の妃を悲しませたり、本当に隠れてルクスとの愛を育んだりしようなどとは三和音《トライアド》も思っていない。

その辺りは、しっかりと友人として弁《わきま》えているのだ。

たとえ永久《えいきゅう》に叶《かな》わない望みだとしても、ルクスに寄り添い力になることが、自分たちの幸せなのだと自覚していた。

だから、気の迷いも今日で終わりだ——と、思っていたとき、ノクトがあることに気づいた。

「ところで、遅くないですか？　ルクスさんの帰りが——」

「……ッ!?」

話し合っているうちに、いつしか時計の針が大きく動いている。

半分酔っていた三人だが、気を引き締めて立ち上がる。

慌てて大浴場へと走り出した。

†

「——で、どうしよ。これ」

「う、ううん……」

数分後、シャリスたちが見つけたのは、一階の大浴場でのぼせているルクスの姿だった。

どうやら酒の影響で、軽く意識を失っていたらしい。

幸いにもやや呼吸が荒いだけで、それ以上の悪影響はないようだったが。

いくら『洗礼《せんれい》』で身体機能を強化されているとはいっても、さすがにのぼせはするらしい。

「涼しいところで水を飲ませ、介抱《かいほう》するしかないだろう……。しかし」

「Yes. ひとつ問題があります」

「私たちが……やるしか、ないよね」

酔いから少しばかり立ち直った三人が、顔を見合わせて頷く。

その頬には酒以外の原因で赤みが差し、ドクドクと胸が鳴っていた。

宿の店員も、外の見張りを除けば起きているのは女性のみである。

ならば、このままシャリスたちがルクスを看護しても、何も変わらないはずだ。

そう思って、湯の中からシャリスが引き上げる。

なるべく少年の裸を見ないようにしてタオルを巻きつけると、そのまま部屋に連れて帰った。

「はぁ、はぁ……。なんとか第一の関門は突破したな」

「な、なんか、半分手遅れって感じもするけど、まあ……」

「No. なにもやましいことはしていません。近衛として当然の行動です」

三人の息が荒いのは、脱力したルクスを二階の部屋まで運ぶのに苦労しただけではない。

もっと衝動的な感情である。

少しは酔いが醒めたとはいえ、三人はまだまだ興奮《こうふん》状態にある。

そんなときに、意中の少年がほぼ裸で目の前に横たわっているのだ。

三人はその状況に戸惑いながら、ごくりと喉《のど》を鳴らしていた。

「——くしゅん……！」

目を閉じたままのルクスが、寒さのせいで身震いする。

「やはりこのままではいけません。温かい暖炉《だんろ》の側で、着替えさせなくては——」

三人がかりで再びルクスを持ち上げ、暖炉の前のソファーに再び寝かせる。

「不可抗力《ふかこうりょく》だ、許してくれ。ルクス君」

シャリスはそう呟くと、ルクスの身体に巻きつけていた大きなタオルを取り去る。

すると、小さな古傷《ふるきず》の痕《あと》と、細身の身体にしては逞《たくま》しく締《し》まった上半身が露《あら》わになった。

「なんていうか、すごいね。普段女装させてからかったりしてたけど——やっぱ、男の子なんだねぇ」

頬を朱に染めたティルファーが、上擦《うわず》った口調で呟く。

「Yes. 変な感想を言ってないで、拭きますよ」

表面上は冷静なノクトだが、緊張に手を震わせつつ別のタオルをルクスの肌に這《は》わせ、
湯の水気をぬぐい取っていく。

「ん……」

「――ッ⁉」

目を閉じたルクスが悩ましげにうめくと、ノクトの動きがピタリと止まった。

自分の意志とは無関係に、心臓が高鳴っている。

ノクトは従者として、完璧に振る舞えているつもりだったが、異性の――それも好きな少年の裸に触れて、さすがに落ち着いたままではいられなかった。

「まったく、困った人です。いつも無茶ばかりして」

「そうだね。私たちなんかのためにも――彼は全力で戦ってくれた」

「そこがいいんだけど、だからこそフクザツなんだよねー。いくらでも私たちみたいなのが増えていきそうで」

「…………」

ルクスは目を閉じたまま、静かに呼吸で胸を上下させている。

三和音《トライアド》の呟きにも反応する気配はない。

ノクトの手の動きが止まっていたのは、かろうじて隠されていた下半身に差し掛かっていたからだ。

「ノクト、怖いようなら私に任せたまえ。リーダーとして、責任を果たしてみせる」

「ここで卒業前の最後の責任を果たすの⁉」

シャリスの申し出に、コンマ二秒でティルファーが突っ込む。

二人ともその意味をわかっているのか、酒以外の要因で顔が赤くなっていた。

「せ、せめてかわりばんこでやらない？　その、ひとりだけだと、ズルいし」

「そ、それもそうだな……。交代でやろう。待っている間に、他の準備を――」

「その、お水取ってくるね。ルクっちに飲ませてあげたいし」

「Yes. お願いします。それと、この格好では少し寒そうですから、温めないと――」

ノクトはルクスの裸をタオルで拭きつつ、ぴったりと隣に身を寄せる。

無表情のジト目のまま、頬を赤らめつつも、しっかりとルクスの身体を拭いていった。

「――お、お水持ってきたけど、ルクっち飲めそう？」

数分後。

大型の水差しとコップをトレイに載《の》せて戻ってきたティルファーが、動揺《どうよう》を隠せぬまま告げてくる。

「そ、そうだな。大体下半身も拭き終わったし、頃合いだろう」

「っていうか、身体拭くの終わってるじゃん！　ズル！」

「し、仕方ないだろう……？　風邪《かぜ》を引かせるわけにもいかないから、水気は早く拭き取らなくてはいけないわけだし――」

抗議するティルファーを、シャリスが宥《なだ》める。

シャリスもノクトも、酔いはさっきより醒めているはずなのに、頬の赤みは増していた。

ある意味非現実的なシチュエーションに、この場の全員が酔っている。

ランプと暖炉の炎に照らされている夜の空間が、妙《みょう》に妖《あや》しげな、禁断の雰囲気を呼び起こしていた。

「じゃ、せめて水を飲ませてあげる役目は、私がやるから！」

と、ティルファーは水差しからコップに移した水を、そっとルクスの口元に運ぶ。

無意識にかルクスも口を開けて、飲もうとする動きを見せた。

――が、どうにもうまく飲めなかったようで、唇《くちびる》の端から水が滴り落ちた。

「これ、どうしよ……。まさか、口移しで飲ませるってわけにもいかないだろうし……」

「…………」

「…………」

「って、なんで黙るの二人とも!?」

沈黙したシャリスとノクトを見て、真《ま》っ赤《か》になったティルファーが叫ぶ。

「いや、その……。本当にそうするしかないかなと思ってね」

「で、でも……さすがにまずいよね？　それは――」

「Yes. しかし、これは看護《かんご》なのですから、そこまで重く考えずともよいのではないでしょうか？」

少しだけ息を荒くしている裸のルクスを囲み、三和音《トライアド》が顔を見合わせる。

悩んだ末に、三人がそろって頷いた。

そうして――たった一日の三和音《トライアド》の卒業旅行の夜が更《ふ》けていく。

それは三人にとって、あらゆる意味で忘れられないものとなった。

†

「はぁ……。昨日《きのう》はごめんね。いろいろ迷惑かけちゃったみたいで」

翌朝。すっかり回復したルクスは、宿の前で皆にお礼を言う。

風呂でのぼせたあとだが、宿の使用人を呼んでルクスを運んでもらい、その後は全員で看護していたと、三和音《トライアド》からは説明を聞いた。

「あー、うん。気にしなくていいよー。そ、その、ルクっちは、なにも覚えてないよね?」

普段と違い、頬を染めたティルファーが焦りながら呟く。

何故か恥ずかしそうにあたふたしているのは、昨日酔っ払ってぶちまけた言葉のせいだろうか?

何を言っていたか具体的にまでは思い出せないが。

「お風呂に入りに行く、前後辺りまでかな。僕の記憶に残ってるのは――」

確かティルファーが、ルクスの愛妾になってもいいと申し出たところだろう。

「あ、あれはその！　なんていうか、酔った勢いで言っただけで、気にする必要なくて！　でも、まるっきり冗談ってわけでもなく――」

「そ、そっか」

目をぐるぐると回してパニックになるティルファーに対し、ルクスは困った表情で笑いかける。

親愛なる友に向ける、親しげな声で。

「まあ……。それ以上にすごいことを昨晩してしまったけどね……」

「Yes. 私もあのあと酔いのせいであまり覚えてないので、夢かもしれませんが……」

ルクスとティルファーのやりとりを、シャリスとノクトが横目で眺めつつ、密談する。

とにもかくにも、三和音《トライアド》たちはルクスのおかげで、楽しい思い出の時間が過ごせた。

それで――満足していたつもりだった。

ただ側で、好きな人を支えるだけでも幸せだと思っていた。

「国王の仕事が落ち着いたら、どうにかルクス君の側室《そくしつ》になる方法でも考えてみようか？　あの五人と、アイリちゃんならば、どうにか説得できるだろう」

「Yes. だいぶ無茶がある作戦だとは思いますが――」

「これから次第かな。ルクス君がどうのというより、私たちが我慢《がまん》できるかどうかということかもしれないが」

けれど、近衛となった少女たちの本心は、それ以上を望んでいた。

だから――未来などわからない。

「ちょっ、何こそこそ話してるのさ。二人だってルクっちにあんなことしてたじゃんか――」

「……⁉」

シャリスとノクトが陰口《かげぐち》を叩いていると誤解したティルファーが、離れていた二人に向かって大声で叫ぶ。

言ってしまった直後に、慌てて自分の口を押さえたが、遅かったようだ。

「って、僕が寝ている間に何してたのっ⁉」

「なんでもない！　さあて、城塞都市《クロスフィード》に帰ろうか！　学園の皆が待っているぞ！」

「Yes. アイリも心配しているでしょうし、帰りましょうルクスさん」

「僕の身に何が起こっているのかの方が心配だよっ……！」

三和音《トライアド》は機竜を纏うと、狼狽えるルクスを強引に抱きかかえて走り出す。

蒼穹《そうきゅう》の下に広がる大地を、次期国王と近衛の少女たちが行く。

友情だけでは割り切れない想《おも》いを秘めつつ、夢の実現を願い、走り出した。

Episode7 王女の証（リーシャ編）

しとしと、と。霧《きり》のような雨が降っていた。
王都ロードガリアの夜空を覆《おお》う薄《うす》い雲のヴェールが、静謐《せいひつ》な夜の世界を隠している。
ルクスが次期国王となる準備期間が終わり――。
学園の三年生たちの卒業とともに、王都での結婚式が開かれる。
その前日の夜――機竜格納庫にて、リーシャは装甲機竜《ドラグライド》をいじっていた。
王城敷地内にいるので、学園の機竜格納庫とは違い、使い勝手が悪い。
それでも、作業の手を動かさずにはいられなかった。
「まったく遅いな、いつまでかかっているんだ。ルクスのヤツは――」
結婚式の段取りは全て済ませてある。
あとは、明日を楽しみに眠ればいいだけなのだが、リーシャは眠れなかった。
「こんな日くらい、前日からいてくれて構わないのにな。まったく」
ルクスが王城へ帰ってくるはずの予定時間が延び、どうしても、気になってしまっているのである。

「……いや、あいつのせいじゃないな」

馴染《なじ》んだ白いガウンを羽織《はお》ったリーシャは、装甲機竜《ドラグライド》を調律する手を止める。

ルクスは五人の妃《きさき》を娶《めと》ることにしたため、そして形の上だけとはいえ――新王国の次期国王を務めることにしたため、多忙《たぼう》を極めている。

それでも、ルクスは全力を尽くしてくれている。

「わたしが不安なだけか？　やっぱり、他の妃など認めなければよかったかな」

などと苦笑しつつ、リーシャは淡々《たんたん》と機竜の整備を続ける。

間もなくして、作業は終わった。

「――ふぅ、なんとか完成したな。まあ、結婚式では場違いだから発表しないけどな！」

そう独りごち、笑い飛ばす。

手を洗い、顔を洗って油を落とし、格納庫内の暖炉《だんろ》の側《そば》から夜景を眺《なが》める。

今し方リーシャがいじっていたのは、新しいタイプの装甲機竜《ドラグライド》――、作業労働用に調整したものである。

これから新王国は少しずつ戦力を下げ、経済を発展させる方向へ舵《かじ》取りをする。

――が、一度にやり過ぎればとっさの危機に対応できない。

いざというときには戦力としても力を発揮できる――そのバランスを取った装甲機竜《ドラグライド》を開

発中なのだ。

「それとも、もっとお姫様らしくできることがあるのか？　いや――」

ラフィ女王《じょおう》が治めていたときとは違い、今度はルクスが国王だ。

それも一年限定で、象徴《しょうちょう》としての国王であるので、あまり政治に口出しはできない。

もちろんリーシャも王妃《おうひ》として公務には同席するが――装甲機竜《ドラグライド》の技術者としては、これくらいしかできることはないのではないだろうか？

そんなことを考えているうちに、人の気配が格納庫に近づいていた。

「――アルマか、わたしの護衛はいいから、もう寝ておけ」

「それは私のセリフです、姉上」

学園の制服に、金髪《きんぱつ》のショートポニーテールをした妹のアルマが、呆《あき》れた口調で言ってくる。

どうやら、王城から抜け出したリーシャを捜《さが》しにきたようだ。

「王城の敷地内とはいえ、危ない真似《まね》はやめてください。《ドレイク》が周囲を見張っているとはいえ、ここは城内より警備が手薄《てうす》です」

「なんだよ、お小言《こごと》を言いにきたのか？」

「心配しているんですよ。こんな夜分にまで働いて――」

「わかってる」

姉妹の間に、静かな沈黙が流れる。

それでもリーシャは、格納庫の中から窓の外を、夜空を見上げていた。

「大丈夫ですよ、姉上」

城内に戻らないリーシャを咎《とが》めはせず、アルマは告げる。

『黒《くろ》き英雄《えいゆう》』殿は――姉上を悲しませたりはしません。必ずや幸せにしてくれるでしょう」

その一言に、リーシャは妹の意図を感じ取る。

リーシャが婚姻《こんいん》と、これからの新王国の行く末が不安で、ルクスの帰還《きかん》を待っていると思ったのだろう。

「わかってる」

「残る四人の妃の存在は、確かに手強いですが――」

「それは……そうだが。そういうのじゃ、ないんだ」

妹を諭《さと》すように、リーシャは力なく笑う。

「義母上《ははうえ》を失ったせいでも、あいつが側にいないから不安なわけでもない。ましてや、他の連中にあいつを取られるとも、思っていない」

「では、どうして結婚式の前夜にまで作業を?」

「――知らん。だけど、こうしていたいんだ。あいつがこの城に帰ってくるまで」

そう呟《つぶや》くと、今までリーシャの胸中にあった霧が、晴れていくような気がした。

「夜更《よふ》かしして、明日の結婚式で欠伸《あくび》をしても知りませんよ」

「大丈夫だ」

何故《なぜ》か確信をもってリーシャは告げる。

「わたしにとって、きっと眠る気など起こらないほど、特別な時間になるだろうからな」

「…………」

微《かす》かな笑みを浮かべたリーシャの横顔。

その儚《はかな》げな幸せの表情に、アルマは見とれる。

姫という立場に苦悩しながらも投げ出さず戦ってきた少女の、本当の望みを叶《かな》えた姿がそこにあった。

「昔も、怖くて眠れなかったよ。旧帝国の捕虜《ほりょ》になったときの夜はな」

「…………」

遠い過去を振り返り、リーシャは語る。

「自分が殺される。いつ世界が終わるかもしれない。そんな恐怖に怯《おび》えながら、父の助けを待っていた」

「…………」

アルマも知っている。

結局、アティスマータ伯はリーシャを助けるより、大義《たいぎ》を選んだ。

「父上の判断を責める気はない。けれどそれ以来、男に不信感があった。——けど、今は違う。楽しみで眠れないんだ。初めて好きになった男と結ばれることがこんなに楽しみなんて、思ってもみなかったよ」

「そう――ですか」

頷《うなず》いて、アルマも夜空を見上げる。

もう少しばかり、姉との会話につき合おうと思ったのだ。

明日に結婚し、姫から王妃となる前の、リーシャの側にいたかった。

「姉上はルクス殿の、どの辺りが好きなのですか？」

「――なっ⁉　いきなり何を言い出す⁉」

アルマの問いが不意打ちをだったのか、リーシャが慌《あわ》てる。

「後学《こうがく》のために、私も興味がありまして」

「……別に、一言で語れることじゃない。あいつのことを好きな理由なんて」

「たくさんあり過ぎると？」

「かもしれないが――結婚までしたいと思うのは、そういうところじゃないな。……たぶん」

と、どこかぎこちない口調でリーシャは応える。

ふと、ルクスの帰りを待ちきれないように、格納庫の屋上へ向かおうとする。

早春《そうしゅん》とはいえ深夜は寒い。

それでも、雨がやんだのならば、寒さは和《やわ》らいでいるはずだ。

早く──会いたい。

想《おも》いを胸に階段を上り、屋上へ向かった。

「──あ」

リーシャは見上げて、息を呑《の》む。

雨が上がった空には、絶景《ぜっけい》があった。

宝石を散りばめたような、輝く満天の星。

声をなくすほど美しい光景に、寒さも忘れて天を仰《あお》いだ。

「──綺麗《きれい》だな」

「この分なら、明日は晴れるでしょうね」

心を浄化《じょうか》し、浮き立たせるような情景《じょうけい》。

今この場にいて欲しい人が──ルクスが足りなかった。

けれど、寂《さび》しくはない。

「あいつも今、この星空の下にいるんだろうか?」

「ええ、きっと。姉上のことを想っておられます」

「それはわからないけどな」

どこか悪戯《いたずら》っぽく、投げやりな口調でリーシャが毒づく。

「あいつは……。自分のこと以外を抱え込み過ぎて、いっぱいいっぱいなんだよ。世話の焼ける男だ」

「けれど――そこが好きなのでしょう？」

「違う」

「えっ……!?」

リーシャの否定に、アルマは驚く。

「あいつにはいいところがいっぱいある。人に優しいのも、細かいところに気づくのも、努力を惜《お》しまないのも、誠実なところも、けどな――」

一番は、きっと違う。

リーシャがそう言いかけたとき、月を背後に、一機の装甲機竜《ドラグライド》が遠目に見えた。

「――ルクス？」

「あ……」

リーシャが呟き、その使い手が誰かに気づいた直後、アルマはゆっくりと姉に背を向け、格納庫の階段を下りていく。

今まではリーシャの護衛と、風邪《かぜ》を引かないように見張る意味で声をかけていたが、もうその必要はないと悟ったのだ。

†

「──リーシャ、様？」

星屑《ほしくず》の夜空を背にした二人が視線を交える。

お互いの距離がみるみる近づいていく。

そして、ルクスを見つめる少女の顔が綻《ほころ》んだ。

直接王城へ行く予定だったルクスだが、慌てて方向転換をして、格納庫の屋上に着地する。

リーシャはゆっくりと、ルクスに歩み寄ってきた。

「遅いぞ、馬鹿者《ばかもの》。いつまで花嫁《はなよめ》を待たせる気だ」

「すみませんリーシャ様。会議が長引いて──」

まずはそう、お互いの存在を確かめるように挨拶《あいさつ》をかわす。

その後、すぐにルクスは不思議そうな表情を浮かべた。

「作業をしてたんですか？　でも──どうしてこんな時間まで」

「ッ……!?」

その指摘に、リーシャが狼狽《うろた》える。

「ま、まあ、開発中の工作用装甲機竜《ドラグライド》の仕事があったからな。ちょっと暇潰《ひまつぶ》しにやっていただけだ」

何故か──ルクスを待っていたとは素直《すなお》に言えずに目を逸《そ》らす。

「ダメですよ！　こんな寒い夜更けに無理をしたら、明日はその——僕と結婚するんですから」

「——————」

結婚、という単語に若干恥《じゃっかんは》じらいつつも、ルクスはリーシャの肩をつかんで詰め寄る。

同じく羞恥《しゅうち》で顔を赤らめながら、しかしリーシャは反撃に出た。

「お、お前こそ、何でこんな夜更けにひとりで帰ってくるんだよ！　危ないじゃないか。油断が過ぎるぞ」

両腕を組み、頬《ほお》を膨《ふく》らませて、ルクスの緩《ゆる》みを咎《とが》めてくる。

対するルクスは、困ったように口籠《くちご》もった。

「ええっと、でも、途中までは三和音《トライアド》もついてきてくれましたし、ほんの十数分ですよ。ひとりでここに来たのは——」

「そういうことを言っているのではない。装甲機竜《ドラグライド》のヒーターがあるとはいえ、雨の夜は寒いし——お前こそ風邪を引いたらどうするつもりだ？」

じいっと上目遣《うわめづか》いで睨むリーシャ。

それが、深夜になっても諦《あきら》めきれずに、ルクスを待っていた恥ずかしさの裏返しであった。

「すみません」

と、しばらく間を空けたあとに、ルクスは苦笑し、

「リーシャ様に早く会いたくて、夜更けなのに帰って来ようとしてしまいました」

照れくさそうに。

気恥ずかしそうに。

それでも、愛する目の前の少女をしっかりと見つめ、本心を吐露《とろ》する。

「もしかしたら、僕のことを寝ないで待っていてくれるかもしれないと思って。だったら早く帰らなくちゃいけないと――」

「ば、馬鹿者……。わたしをなんだと思っているのだ」

ルクスの儚げな笑顔を見たリーシャは、思わず顔を逸らして呟く。

少女は自分の頬が、身体が熱くなるのを感じる。

「――だが、わたしも大馬鹿者だ」

「……え?」

微かに呟かれたリーシャの一言に、ルクスは目を丸くする。

「今気づいたよ――わたしが作業をしていたのは、お前の側にいたかったからだ」

しみじみと、心の底から安堵《あんど》した笑みで、リーシャは機竜を纏《まと》うルクスに寄り添《そ》う。

「わたしは、国の方針なんてうまく口を出せないからな。だから、自分にできることがあれば、していたかったんだ。お前もそうだろ?」

装衣《そうい》姿のルクスは、制服のリーシャと身体を合わせる。

少しだけ上目遣いになったリーシャが、ルクスの顔を見ている。

瞳《ひとみ》の中に、お互いの顔が映っている。

「お前ならきっと、そうしていたはずだ。いつでも自分にできることを、全力でやっていた。だから、わたしも同じようにしていれば——立場が変わっても、どこにいてもいつも一緒だ。そう、思っていたんだろうな……」

「——」

ああ、と。

リーシャの想いを聞いて、ルクスは改めて思う。

革命《かくめい》を願った旧帝国の王子と、救いを求めた英傑《えいけつ》の娘。

出会ったその後、ルクスとリーシャの立場は変わり、姫とそれに仕《つか》える騎士《きし》になった。

今は新たなる国王と、寄り添う王妃。

時代や運命に翻弄《ほんろう》されて、二人の立場や関係も移ろい変わる。

それでも——二人を繋《つな》いでいる確かなものがあった。

「これからは、わたしがお前を支えてやる。今まで、お前がわたしを支えてくれたように、だから——」

だから。

ルクスの帰りを待っていたのだと、自分のやるべきことをやっていたのだと。

そっと、目の前のリーシャの身体を、ルクスは抱き寄せる。

「あっ……」

孤独《こどく》で、悲しみに耐え。それでも前を向いて戦っていた少女。

ルクスに王道を示してくれた少女。

リーシャに対する愛おしさが、溢《あふ》れてくる。

「ありがとうございます。リーシャ様」

「……ちょっ、この格好で抱きしめるな。その、さっきまで整備してたから、油臭《あぶらくさ》いぞ……たぶん」

抱きしめられ、慌てふためくリーシャ。

しかしルクスは、少女の身体を離さなかった。

「愛しています。あなたのことを」

「ん……、わたしも、だ」

優しく、少女の赤くなった耳朶《じだ》に囁《ささや》く。

リーシャも目を閉じると小さく顔を上げ、影が重なるときを待った。

†

「お待たせしましたリーシャ様、うわ……」

ルクスが霧雨《きりさめ》で濡《ぬ》れた髪を拭《ふ》き、装衣から部屋着に着替えて寝室に向かうと——リーシャは赤のキャミソール姿に着替えていた。

「う、うわってなんだよ。これでも、結構気合いをいれてるんだぞ。夜架《よるか》のアドバイスでな」

薄暗い寝室の中、淡《あわ》いランプの光に照らされた少女が待っていた。

リーシャの持つ美しい金髪《きんぱつ》が映えているだけでなく、普段と違いどこか色香《いろか》が漂《ただよ》う姿に、ルクスは見とれたのだ。

「いえ、その、綺麗で——思わず声が出ちゃいました」

「は、恥ずかしいことを言うな！　でもまあ、ありがとう……」

「…………」

ここは王城の応接室《おうせつしつ》ではなく、寝室《しんしつ》。

わざわざルクスを自分の部屋に呼んだということで——否《いや》が応《おう》でも意識してしまう。

初めての出会い、大浴場でリーシャに覆《おお》い被《かぶ》さったことを思い出す。

あのとき、湯気に隠れていたリーシャの身体は、今も身長こそほぼ変わっていないが、心なしか肉づきが良くなっている気がする。

ゴクリと鳴りかけた喉《のど》を誤魔化《ごまか》すために、近くのワイングラス二つに深紅《しんく》の葡萄酒《ぶどうしゅ》を注《そそ》ぐ。

そして、軽く掲《かか》げて乾杯《かんぱい》した。

「そ、それじゃ。明日の結婚を祝って」

「わたしたちと、新王国の未来に――」

二人そろって、くいっと軽くワインを口に含む。

豊かな香りが鼻腔《びくう》を満たし、胸の中に広がってくる。

甘酸《あまず》っぱく、目が眩《くら》むような濃密な味に、理性が溶けて夢見心地になる。

「寝る前に飲むにしては、ちょっと強かったか」

「でも、もう休むだけでしょう？　大丈夫ですよ」

ルクスは微かに頬を赤くして、リーシャに微笑《ほほえ》む。

深夜に帰ってくるのは疲れたが、心が通じ合えているこの愛すべき少女と会えた。

明日は待ちに待った結婚式が控《ひか》えている。

それで十分に幸せだった。

――が、

「な、なんだよ。もう寝ちゃっていいのか？　なにもしなくて――」

「ッ……!?」

ベッドの上で、足をW字にして座ったリーシャが、流し目を向けて告げる。

思わぬ声をかけられて、ルクスの頭に甘酸っぱい疼《うず》きの熱が生まれた。

これは、誘っているのではなかろうか。

（けど、リーシャ様が、まさか――）

ワインを飲んだばかりなのに、ルクスの口の中が渇《かわ》く。

「……え、えっと、おやすみのキスですか？　それなら――」

深呼吸をひとつして、ルクスはどうにか柔和《にゅうわ》な笑顔を作る。

そうでもしなければ、落ち着くことができなかった――が。

「お前、さてはわたしをお子様だと思っているだろ？」

「ええっ……？」

紅潮《こうちょう》した頰のまま、リーシャがジト目を向けてくる。

「い、いいんですか？　リーシャ様」

ルクスは覚悟《かくご》を決めると、自分も天蓋《てんがい》付きのベッドの上に乗る。

柔らかな弾力で、僅《わず》かにベッドが沈《しず》む。

静かに顔を寄せると、再び二人の唇《くちびる》が触れ合った。

熱い。

酒で酔った程度の体温なのに、何故かそう感じる。

ほんの数秒口づけをかわしたところで、そっと離れるとリーシャはぼうっとしたようにルクスの目を見つめていた。

「今のも好きだけどな――。わたしがしたいのは、そういうキスではない。大人のキスだ。

もうそろそろ、してもいい頃合いだしな」

「そ、そうですかッ」

声が裏返りそうになる。

リーシャも精一杯の勇気を振り絞っているのだろうが、ルクスも激しく動揺《どうよう》している。

どのみち、明日に結婚を控えている身だし、お互いの気持ちは十分に確認している。

だから、問題は何もないはずだ。

「わたしだって一人前のレディなんだ。普通にキスをしたくらいじゃ、子供はできないと知っているぞ」

「は、はい！」

っていうか、そこからですか！

と、突っ込みたい気持ちもなくはなかったが、リーシャのような色恋《いろこい》に疎《うと》い少女が、自らアプローチをかけてくれる姿は嬉《うれ》しい。

(リーシャ様も勇気を出してくれているんだ。ここは僕も、男らしく振る舞わなきゃ……！)

そう思って、ベッドの上に腰かけたまま、リーシャの背中に手を回す。

「じゃ、じゃあ、いいですか？」

若干声を震わせつつも、見つめ合いながらルクスが告げる。

対するリーシャは気恥ずかしそうにうつむきつつ、コクリと頷いた。

するりと、リーシャがキャミソールを取る。

純白《じゅんぱく》のレースの下着が露《あら》わになった。

「そ、その……できれば後ろを向いててくれ、さすがに途中を見られるのは――」

「わ、わかりました」

それから十秒後、衣擦《きぬず》れの音をルクスは聞いた。

「もう、いいぞ……」

ランプの淡い光のみの、薄闇《うすやみ》の中でリーシャが下着姿になっていた。

更にシーツを身体の上にかけ、不安と期待をないまぜにした表情で、じっとルクスを見つめている。

「リーシャ様、綺麗です」

「あ、あまりじろじろ見るな。仕方ないこととはいえ、恥ずかしいんだぞ。相手がお前だから――ん」

リーシャが言いかけている途中でルクスは距離を縮め、軽く口づけする。

「嬉しいです。リーシャ様」

「……そ、そうか」

再び見つめ合い、トクトクと心臓の音が高まってくる。

お互い同じ気分になっていると、言葉をかわさなくてもわかる。

「じゃあ、そろそろ――」

「あ、待て。まだ服が二枚残っている」

と、リーシャは恥《は》じらいつつも、そっと手をつきだして制止する。

「これでは、せっかく子作りをしようとしてもできないからな」

「……はい？」

謎の言葉に、ルクスは思考が停止する。

「裸になって抱き合ってキスをしないと、子供はできないんだろう？　まったく、男女の身体というのは不思議だな」

「…………」

ルクスの思考が止まる。

リーシャが何を言っているのか、すぐにはわからなかった。

「あの、リーシャ様。どこでその知識を――」

「ええい、皆まで言わせるな。本だ！　恋愛小説とかな！」

「…………」

ルクスは固まったあと、顔を背ける。

その間にリーシャはもどかしげにしつつ、ルクスに身を寄せてきた。

「だから、わたしなら覚悟はできてるぞ。いつでも来い！」

そう言いながら、リーシャは両手を広げて差し出す。

微かに身体を震えさせつつも、ルクスを信頼して健気《けなげ》に振る舞っている。

それを見たルクスは困惑しつつも、ふっと頬を緩めて笑顔を見せた。

彼女の気持ちに、癒《い》やされたのだ。

「――はい。愛しています。リーシャ様」

小さな少女の身体を、ぎゅっと抱きしめる。

そのまま、安らかな一夜が過ぎていった。

†

翌日。

ルクスとリーシャの結婚式が、王都ロードガリアの大聖堂《だいせいどう》で、大々的に行われた。

「――世界を救った英雄と、英傑の忘れ形見《がたみ》の姫が結ばれたぞ！」

「なんとめでたい！　新王国の新たな始まりだ！」

「あの雑用王子《ざつようおうじ》様が立派《りっぱ》になってねえ……。リーシャ様もよく頑張《がんば》ったよ」

王都の城下町を馬車が走り、人々が歓声《かんせい》の雨を降らせる。

ルクスは今――純白のドレスを纏ったリーシャとともに、馬車に揺《ゆ》られていた。

「…………」

ルクスとリーシャは時折民衆に手を振りながら、柔和な笑顔を見せる。

もちろん、王立士官学園《アカデミー》の生徒たちも、各国の戦友である『七竜騎聖《しちりゅうきせい》』たちも――全員が駆けつけてくれていた。

「――どんな気分だ？　皆から国王として歓迎される感想は」

大通りを抜けて、いよいよ王城へ戻る。

その途中、馬車の中に引っ込んだとき、隣《となり》のリーシャがふいに尋ねてくる。

ルクスは少し逡巡《しゅんじゅん》したあと、真《ま》っ直《す》ぐにリーシャを見つめて、答えた。

「正直、少し不安だったかもしれません。僕なんかに何ができるのかって、正しい未来を選べるのかって――」

革命に失敗して以来、雑用王子になって以来。

ルクスは、ずっとそう思って生きてきた。

けれど――リーシャと出会ったことで、理想の統治者の姿を見た。

あれから長い時を戦い。

話し合い。

乗り越えて、少女たちとの絆《きずな》を深めてきた。

孤独だったルクスの居場所を、世界を広げていった。

そして今――辿《たど》り着いた未来にいる。

「リーシャ様が側にいてくれるなら、大丈夫です。きっと」

「――そうか」

嬉しそうに頬を染めて、リーシャが頷く。

「わたしも同じだ。お前が側にいてくれれば、きっと――」

歓声と拍手の雨の中、馬車がゆっくりと王城の門をくぐっていった。

Epilogue 最弱無敗の神装機竜

「いってらっしゃーい。おかあさまたちー！」

「早く帰ってきてねー」

「留守番なら任せておくデスよ！」

トルキメス連邦《れんぽう》の上空に浮かぶ、第七遺跡《ルイン》『月《ムーン》』。

統括者《ギア・リーダー》のリ・プリカと、幼い子供たちに手を振り、地上の新王国へ出発しようとする二人組がいる。

「ルクス君が全員との結婚式を挙げ終えてから――もう一ヶ月か」

しみじみとした口調で、銀髪《ぎんぱつ》の三つ編みを持つ少女エーリル・ヴィー・アーカディアは微笑《ほほえ》んだ。

遺跡《ルイン》の深層に隠され、コールドスリープされていた赤子《あかご》たち。

アーカディア皇国《こうこく》と『鍵の管理者《エクスファー》』の血を引く僅《わず》かな生き残りたちを集め、教育を施《ほどこ》しまとめ上げる。

遺跡《ルイン》の機能を管理し、徐々に封印し、今の人間が持つ技術と知識にゆっくりと戻していく。

その役目を仕事として果たしながら、エーリルは日々を過ごしていた。

七つの遺跡《ルイン》を回りながら、厳重《げんじゅう》にシステムを管理し、隠されていた情報を解読し、遺跡《ルイン》の深部に避難していた生存者を救い出す。

この時代に適応させ、新たな居場所を探し出させる。

当然、未だに遺跡《ルイン》を狙う賊《ぞく》や、私兵を持つ野心家《やしんか》も少なからずいるため、安心はできない。

毎日が目まぐるしい忙しさだが、充実した日々を送っていた。

「この年で産んでもいないのに母親扱《あつか》いされるのは不本意。あの連中からは『おねえさま』と呼ばせるべき」

褐色《かっしょく》の機竜使い《ドラグナイト》ソフィスは、若干嫌《じゃっかんいや》そうな真顔で呟《つぶや》く。

それを受けてエーリルは苦笑した。

「あの子たち、頭いいからね。僕たちが嫌がると知ってて、わざと遊んでるんだよ」

日々たくましく育つ子供たちに想《おも》いを馳《は》せ、二人は新王国へと飛び立つ。

澄《す》み渡った蒼穹《そうきゅう》を装甲機竜《ドラグライド》で滑翔《かっしょう》しつつ、ソフィスは隣《となり》のエーリルに尋ねた。

「そういえばエーリルは、ルクスのことはいいの？」

「…………」

唐突《とうとつ》で、曖昧《あいまい》な問い。

しかしエーリルは、瞬時にその意味を把握した。

だからこそ、すぐには返事を告げられない。

「好きだったんでしょ。六番目のお妃《きさき》様にしてもらえば？　今からでも」

「なんでまた、こんなときにそんな話を？」

ぎこちない笑みを浮かべて、エーリルが問い返す。

「人目のある時に聞いてもいいの？」

「それは……勘弁《かんべん》して欲しいなぁ」

苦笑しながらしばらく空を飛んだあと、やがてエーリルは話し出した。

「好きだよ。たぶん、どうしても僕《ぼく》も妃にして欲しいっ……て言えば、みんな断らないんじゃないかな。あの人たち優しいから」

「…………」

どこかさわやかに語るエーリルの言葉の続きを、ソフィスはじっと待つ。

「でも、いいんだ。ルクス君はああいう人だから、たくさんの荷物を抱えてしまう。これ以上負担をかけるわけにはいかないよ」

「それでいいの？　あなたは――」

「うん。僕はもう、彼に救ってもらったから。呪《のろ》われた『創造主《ロード》』の運命から、解放されることができたから……」

この時代に、受け入れてもらえた。

自分の想いを、信じて戦ってもらい、旧時代の憎しみの連鎖《れんさ》から解き放たれた。

エーリルはもう、自由になれたのだから。

「そっか」

ソフィスも微笑《びしょう》を浮かべ、そっと寄り添《そ》うように空を滑翔する。

が、数秒後、ぽつりとエーリルは呟いた。

「……まあ、国王の任期が終わったら、ちょっと考えてみようかな、その頃なら、ルクス君も、仕事が楽になってるかもしれないし」

「エーリル……。それ、たぶん失敗するパターンだと思う」

「いいの！　思ってるだけなんだから！」

軽口を叩き合いながら、二人は澄んだ空を飛んでいく。

春の風と日差しは、どこまでも優しく心地よかった。

†

「――それでは、私からの講義はここまでです。皆、しっかりと学んでおいてください」

「はい！」

教室の生徒たちにそう告げると、セリスはゆっくりと教室を出る。

廊下《ろうか》に向かうと、今や王の近衛《このえ》であるシャリスが、待っていたように顔を出した。

「だいぶ特別講師としても馴染んできたじゃないか？」

「からかわないでください。まだまだこの仕事は手探りなんですから」

凛《りん》とした表情を緩《ゆる》ませ、セリスが照《て》れる。

卒業後のセリスは、今までディストが治めてきた、西方領《せいほうりょう》を治めるための勉強を学院でしつつ、時折装甲機竜《ドラグライド》の講師として、学園にも顔を出していた。

「それに、油断しないでください。規模は遥《はる》かに小さいとはいえ、まだどこかに脅威《きょうい》が残っているかもしれないんですから」

「その割には、だいぶ時間が過ぎるのを気にしていたみたいだけどね。――まあ、数日ぶりに彼と会える日だから、気になるし、燃えるのも無理はないが」

「なっ……！　そういう言い方は不許可です！　私は別に、ルクスのことについては、安心していますから――」

「なるほど、彼はちゃんと時間を割いてセリスのことを見てくれていると。なかなか一夫多妻《いっぷたさい》生活もうまくやっているようだね」

含《ふく》みのある口調で、シャリスがからかう。

そんな中、セリスは若干《じゃっかん》早足で中庭に向かう。

「おやおや、口とは違って身体は正直だね。それとも――持て余してるのかな」

「いい加減にしてくださいっ！　ここは校内ですよ!?」

再びからかわれてさすがに怒る。

「悪かったよセリス。久しぶりで調子に乗り過ぎた」

羨《うらや》ましくてやっかむにしても言い過ぎたかと、シャリスは苦笑して謝る。

廊下の先を歩いていくと、呆《あき》れたジト目を向けてくる二人の少女がいた。

アイリと、ノクトである。


「まったく、二人とも卒業して大人になったかと思えば、全然変わってないんですね」

「あははは」

アイリのため息を、シャリスは笑い飛ばす。

「Yes. ですがまあ、セリスさんも新婚《しんこん》にしては、規律正しくあろうと我慢《がまん》している方なのでは？」

ノクトが突っ込み、アイリが相槌《あいづち》を打つ。

「ああ見えて寂《さび》しがりですからね。強がってるときの方が心配ですよ」

「あの、あまりいじらないでいただけますか。それより――どうして二人がここへ？」

「Yes. 今日は知っての通り、エーリルさんが訪問する日ですが、ちょっとした事件が起こりそうだと、夜架《よるか》さんから話を聞きまして――」

と、ノクトが冷静に二人に告げる。

「困ったものですね。せっかく平和になったというのに、悪巧《わるだく》みをする人はまだ出てくるんですから」

アイリは嘆息《たんそく》混じりに、具体的な話をする。

どうやら――機竜使《ドラグナイト》いの賊《ぞく》たちが、今回エーリルが報告のために城塞都市《クロスフィード》へ向かうという話をつかみ、城塞都市《クロスフィード》にいる外交官のひとりを人質に、襲撃しようと計画していたようだ。

「Yes.まあ、人質はもうすぐ夜架さんが救出できそうですので、追撃の役目が必要なのですが、二人とも――最近腕が鈍《にぶ》っているのではないですか？」

「なるほど、そうかもしれませんね」

セリスの口元が微《かす》かに緩む。

自然と腰の剣帯《けんたい》に、その手が添えられていた。

†

城塞都市クロスフィードからやや西方にあるだだっ広い平原。

数十人の機竜使《ドラグナイト》いで構成された盗賊の隊長は、焦《あせ》りに焦っていた。

彼らは大きな組織ではない。

先の大戦のどさくさに紛《まぎ》れ、隠し持っていた角笛《つのぶえ》を使い、幻神獣《アビス》の襲撃と思わせていくつもの辺境《へんきょう》の小さな村を焼いた。

財産や食料を奪い、少しずつ組織を拡大している最中だった。

世界の運命を揺《ゆ》るがす中、火事場泥棒《かじばどろぼう》のように弱者を襲う外道《げどう》の集団。

元々は小国の兵士崩《くず》れだった彼らは、ある日上官を暗殺して装甲機竜《ドラグライド》を盗み集め、野盗《やとう》としての産声《うぶごえ》を上げた。

しかし——彼らとて、自らの実力を過信していたわけではない。

世の中、上には上がいることを知っていたし、強者には決して挑《いど》もうとしなかった。

先の大戦でも、ひたすら幻神獣《アビス》の仕業《しわざ》に見せかけ、徹底して弱者を襲っていただけである。

が、連戦連勝は、自信という名の——心の緩みを生み出す。

それが、生き物としての本能だ。

あっけなくもたらされる勝利と、人目を避《さ》けるあなぐら生活にいつしか飽《あ》き始め、より強大な戦力と報酬を求めて動き出した。

先の大戦のあと、遺跡《ルイン》は活動を停止して、人と幻神獣《アビス》の出入りを拒《こば》んでいる。

外壁を破壊して中に入ろうにも、強固《きょうこ》過ぎて並の武装では歯が立たない。

従って、これ以上の戦力増強は不可能に思えていた。

が、遺跡《ルイン》の管理官と呼ばれるエーリル・ヴィ一・アーカディアを捕らえれば、話は変わってくる。

彼女の力で遺跡《ルイン》を開門し、次々と力を手に入れることができるようになる。

城塞都市《クロスフィード》へ周期的に立ち寄る話を盗み聞きした賊のリーダーの男は、部下の《ドレイク》を密偵《みってい》として派遣し探らせ、非武装の外交官の女ひとりを人質に取った。

拘束した彼女をエサに、エーリルを囲んで袋叩きにする作戦だ。

計画は順調だった。

新王国軍にも、かの高名な『騎士団《シヴァレス》』に悟《さと》られることもなく、理想的に推移《すいい》していた。

そのはずが――。

「何故《なぜ》だッ⁉」

と、平原の空にて《エクス・ワイバーン》を駆《か》るリーダーの男は、信じ難い現実に叫ぶ。

奇襲《きしゅう》をかける前に、奇襲をかけられていた。

角笛で操る幻神獣《アビス》十数体と、岩陰に潜ませていた部隊が、逆にたった数名の機竜使い《ドラグナイト》に襲われたのだ。

当然、部隊は大混乱。

エーリルを強襲しようとした部隊が、次々にやられていく。

その刹那《せつな》――別の機竜使い《ドラグナイト》から通信が入ったのだ。

『あなたは、盗賊団「ハウンド」とやらの隊長ですね。半年前から、警備の薄い辺境の村や町を、どさくさに紛れて襲っていたという――』

『な、何者だ！　貴様はどこでこの計画を嗅《か》ぎつけた⁉　何が目的だ――』

『……はぁ。困った人ですね。質問は順番に、ですよ』

落ち着き払った少女の声が、リーダーの男を更に苛立《いらだ》たせる。

『ひとつ目の質問ですが、私はアイリ・アーカディアと申します。「騎士団《シヴァレス》」の参謀《さんぼう》です。それで――』

アイリは淡々《たんたん》と賊に宣告する。

『この計画とやらですが、少し前から知っていました。あなたたちがもっと大きい組織と繋《つな》がっていないか調査していたんですが。誰もいないようなのでもう殲滅《せんめつ》することにしました』

『――――』

泳がされていた。

相手が気づいていなかったのではなく、とっくに知っていて気づいていないフリをしていたのだと――。

見られていたのは自分の方だと、今頃賊のリーダーは知った。

「おのれ……！　ものども、力を振り絞れ！　全力を以《もっ》て迎え撃つのだ！」

「――おおおおっ！」

男の号令《ごうれい》に対し、先に強襲《きょうしゅう》をかけられた部下たちは気勢《きせい》を上げる。

敵の砲撃を受けたとはいえ、こちらにも戦力がある。

十数体の幻神獣《アビス》も残ったままだ。

そう思い逆襲をかけようとしたそのとき――、奇妙な音を賊たちは聞いた。


――ガウンッ！


鋭《するど》い風切り音が唸《うな》り、飛翔型の《ワイバーン》数機が撃墜される。

少し離れた平原の中空に、巨大な朱《あか》の機竜《きりゅう》を纏《まと》った少女がいた。

その周囲には、鏃《やじり》型の投擲兵器《とうてきへいき》がいくつも浮かんでいる。

神装機竜と呼ばれる操作難易度の高い機体を、少女は十全に使いこなしていた。

「あれはまさか――『朱《あか》の戦姫《せんき》』、リーズシャルテか！」

恐れおののく部隊。

だが、動揺《どうよう》しつつもリーダーは的確に指示を出す。

「狼狽《うろた》えるな。所詮《しょせん》はひとりだ！　《ワイアーム》部隊の集中砲火で落ちる！」

が、指示に従い、賊の《ワイアーム》使いたちがキャノンを構えた直後――手にしていた武装が次々と撃ち抜かれる。

「なあっ⁉」

「悪いけれど、その程度の攻撃では、到底彼女は落とせないわよ。最低でも未来くらいは読めないとね――」

背後に浮かぶ蒼銀《そうぎん》の神装機竜を纏った少女は、たおやかにくすりと微笑む。

そのすぐ背後に、リーズシャルテが接近し口を尖《とが》らせる。

「どういう意味だクルルシファー！　そういえば最近、お前とは模擬戦をしていなかったな。まだわたしの方が強いはずだぞ？」

「なら、さっさとこの仕事を片付けて試してみましょう。あまりに肩透《かたす》かし過ぎて、満足できないから」

軽口に反応したリーシャと、何故か言い合いを始めてしまう。

それでも、二人の手は休まず動いている。

僅《わず》か数秒で、一機ずつ賊の機竜使《ドラグナイト》いが撃墜されていく。

「おのれ、隠していた幻神獣《アビス》を解き放て！　角笛を吹け！」

それを見て焦ったリーダーは、後方の部隊へと指示を送る。

が、既にそこでも別の新王国軍と戦いが起きていた。

そして――一方的に蹂躙《じゅうりん》されていたのである。

†

「えい」

紫《むらさき》の陸戦型神装機竜《テュポーン》が、目にも止まらぬ速度で滑走《かっそう》し、重量の乗った拳《こぶし》を繰り出す。

その度に、中型の幻神獣《アビス》が核《コア》を打ち抜かれ、次々と果てて灰になる。

「馬鹿《ばか》な、何故あれほどのパワーが……！」

あえて角笛を操る賊の機竜使い《ドラグナイト》は無視され、幻神獣《アビス》から虱潰《しらみつぶ》しに倒されている。

飛行して陸上の戦闘から逃れた幻神獣《アビス》も、金色の神装機竜を駆る少女の巨大な突撃槍《ランス》に貫かれ、次々と数を減らしていく。

もちろん、フィルフィとセリスだ。

「あり得ん。なんだあの練度は、あの動きは！　何故ああも簡単に幻神獣《アビス》を――」

『悩んでる暇《ひま》なんてないと思いますが？　早く逃げた方が身のためですよ』

再び、竜声《りゅうせい》を介《かい》してアイリからの忠告が聞こえ、賊のリーダーは焦る。

これが噂《うわさ》に聞いていた『騎士団《シヴァレス》』の実力か。

それなりの集団に成長していたはずの賊の部隊も、もはや全滅まで一分と保たないだろう。

想像を絶する戦力差に戦意喪失し、リーダーは岩陰に隠しておいた人質を盾《たて》にしようと手を伸ばしたが――　切り札は忽然《こつぜん》と消えていた。

「い、いない！　あの外交官はどこへ行った⁉　ついさっきまでここに――」

「随分《ずいぶん》遅いんですのね。気づくのが――」

少し離れたなにもない虚空《こくう》から、黒衣と瑠璃色《るりいろ》の神装機竜を纏った少女が現れる。

彼女は外交官の女性を装甲腕で抱え、跳躍《ちょうやく》して飛び去った。

「なんだとぉおおおっ⁉」

特装型の機能――迷彩《めいさい》を使い、夜架《よるか》が接近していたことは今気づいた。

しかし、姿が見えなかったことはともかく、こんなすぐ側《そば》まで近づいてなお、まるで存在を気づかれなかった隠密《おんみつ》能力に、賊のリーダーは戦慄《せんりつ》する。

もはや、部下も戦力も、全てを捨てて逃げるしかない。

「――うおおおおおおっ！」

だが、あの五人の神装機竜の使い手とは戦えない。

部下たちが引きつけているうちに、リーダーは五人の機竜使い《ドラグナイト》がいない方角目がけて、全速力で滑翔した。

――が、その瞬間、男は目にする。

一機の巨大な漆黒《しっこく》の神装機竜が、遥か彼方の前方から飛んできていることを。

（新手か……。だが構わん！　来ることがわかっていれば、ひとりくらい機竜咆哮《ハウリングロア》で弾き飛ばせる。そのまま一目散《いちもくさん》に逃げればいいだけの話だ！）

そう判断したリーダーは、《エクス・ワイバーン》のエネルギーを頭部に集中し、交戦に備える。

一秒、二秒……。

謎の黒い機竜が迫る中、リーダーの男は再び竜声を聞いた。

『困った人ですね。どうしてわざわざ難易度の高い相手を選ぶのでしょうか？』

呆れたような、アイリの言葉を解読している暇はない。

ただ、賊のリーダーは自分ができる最善の選択を――正面から向かってくる敵を怯《ひる》ませるには、絶大な効力を発揮する戦術を実行する。

ブレードの切っ先を後方へ引いて構え、切り結ぶと見せかけ、一歩先んじての機竜咆哮《ハウリングロア》。

それを放とうと気合いを込めた瞬間――リーダーの纏っていた《エクス・ワイバーン》に、衝撃が走った。


ザグゥウウッ！


「――え？」

間抜けな声が、男の口から漏れた。

『兄さんはそういうのは慣れっこなんですよ。呆れるほどの数をトーナメントで戦ってきた。

「無敗《むはい》の最弱《さいじゃく》」なんですから』

《エクス・ワイバーン》の幻創機核《フォース・コア》を内蔵した肩口を、いつの間にか斬られている。

正面から突撃してきたはずの相手が、先手を打ったはずのこちらの広範囲の衝撃波を、どうやってかわしたというのか――。

そもそも、正面に黒の神装機竜の姿がない。

いつの間にか、視界から消えていた。

「何故だぁぁあああっ……！」

撃墜され、落下しながらリーダーの男は絶叫《ぜっきょう》する。その最中、振り向いた背後に、漆黒の機竜使い《ドラグナイト》が浮いているのを見た。

『高速ですれ違っていたんですよ。遠距離からあなたの戦術を読み、予め半分のスピードで接近しつつ、交錯《こうさく》の手前で急加速して、そちらの機竜咆哮《ハウリングロア》が放たれる前に、兄さんはあなたの背後に回っていた』

神装機竜《バハムート》の高機動力を生かし、相手の策を見抜いて狙い撃った。

『相手の予備動作と戦術を見抜き、先んじて迎撃する。これが――即撃《そくげき》という技です』

アイリが告げた言葉も、リーダーの男は最後まで聞こえなかった。

機竜が解除され、生身のまま地上へ落下する。

当然死を覚悟したが、落下直前で何者かにキャッチされた。

強化型汎用機竜《エクス・ワイアーム》を纏う茶髪の少女――ティルファー・リルミットだ。

すぐさま機竜のワイヤーでぐるぐる巻きにして、機攻殻剣《ソードデバイス》を奪う。

それでリーダーの男は、完全に拘束された。

「確保成功――パーフェクトー！　さっすが私ぃ！」

「Yes. お見事です、ティルファー。パチパチパチ」

隣で《エクス・ドレイク》を纏ったノクトが、ジト目を向けつつ拍手する。

「って、私たちの活躍これだけ⁉　わざわざ出撃したのにー！」

ノリ突っ込みの要領で、涙目《なみだめ》のティルファーが叫ぶ。

その頭を隣からぽんぽんと叩いて慰《なぐさ》めながら、《エクス・ワイバーン》を纏うシャリスは苦笑した。

「仕方《しかた》ないよ。今日はたまたま、新王国の精鋭《せいえい》が学園にそろってしまってたんだからね。それに、ルクス君も――」

「あ、そうだ。ルクっち、お帰りー！」

気落ちしていたティルファーだったが、地上に降りてきたルクスの姿を見るや否《いな》や、全速で《エクス・ワイアーム》を走らせ駆け寄る。

「ただいま、ティルファー。アイリも、みんなも――」

《バハムート》を纏ったルクスが微笑むと、他の皆も集まってくる。

ルクスを中心に、皆がひとつになっていた。

「どうだった、わたしの戦い振りは。改めて見惚《みほ》れただろう？」

「大して活躍してなかったと思うのだけど――？」

リーシャがドヤ顔で胸を張っているところに、クルルシファーが突っ込む。

「お前が獲物《えもの》を横取りしたからだろうが⁉　わたしの《ティアマト》じゃ、火力が強過ぎて、殺さないための手加減が難しいんだよ！」

などと、いつものように軽口を叩き合った。

「まったく、困った後輩たちですね。それぞれ立場もあるというのに、ルクスの前だと、子供に戻ってしまうんですから」

それを遠目で見るセリスは、小さなため息を漏らして呟く。

「そうだね。でも、セリス先輩も、結構張り切ってた」

フィルフィが微かな笑みを浮かべて告げると、セリスもぽっと頬《ほお》を赤く染める。

「ちゃ、茶化《ちゃか》さないでください。私は、『騎士団《シヴァレス》』の元団長として、後輩を見届ける義務が――」

「セリス先輩とフィーちゃんも、元気だった？　出撃ご苦労様」

「うん。ルーちゃんも、お疲れ様」

フィルフィと、ルクスは、じっくりと目を合わせて言葉以上の挨拶《あいさつ》をかわす。

「はい！　もちろんです。いきなり私に声をかけてくれるなんて、ルクスは優しいです」

その隣で目をキラキラと輝かせるセリスを見て、アイリとノクトは苦笑した。

「まさかと思いますが、学園の講師になっても、あのぼっち癖《ぐせ》は治ってないんですか？」

アイリが呆れたジト目を作ると、ノクトは真顔のまま頷《うなず》いた。

「Yes. あれでも昔よりはかなりマシになっているかと」

どうやら、まだまだルクスへの依存度《いぞんど》は高そうだ。

そのとき――夜架《よるか》は、《夜刀ノ神《ヤトノカミ》》を纏ったまま、ルクス目がけて背後から斬りかかった。

完全に油断していた『騎士団《シヴァレス》』の面々が、一瞬驚きに目を見開く。

「――!? 危ないッ！」

と、誰かが叫んだが、ルクスは冷静に、瞬時にブレードを構え、それを防ぎにかかる。

どちらにしろ、夜架のブレードは寸止《すんど》めだった。

「人質の救出、お疲れ様。これで賊たちは掃討《そうとう》できたよね？」

お互い剣を交える直前で止めたまま、ルクスは微笑みつつ話しかける。

「はい。そして、お見事な残心《ざんしん》ですわ主様《あるじさま》。先日、わたくしを二つの勝負で討ち果たしても、油断はしておられないようですね」

「夜架を安心させないと、妃《きさき》の立場が嫌《いや》で、逃げ出しちゃうかもしれないしね」

と、ルクスはにこやかに応える。

夜架と『二つの勝負』の契約をしてからひと月後、見事に彼女を討ち果たし、妃となることを夜架は承諾した。

それでも、夜架に勝ったことでルクスが油断するのが不安なのか、度々不意打ちの攻撃を仕掛けてくる。

いかにも夜架らしい気の遣《つか》い方だと、ルクスは思った。

他の皆に、そのことを伝えると納得してくれる。

再会を喜ぶ少女たちとの掛け合いが続く中、ワイヤーでぐるぐる巻きに拘束《こうそく》された賊は、ふいに困惑の声を上げた。


「な、何故だ……ッ」


自分たちを傷つけず倒すという圧倒的な実力差と、その機竜の性能。

賊の中でも高い戦力を持っていると自負《じふ》していた盗賊の男は、疑問を発さずにいられなかった。

「何故、それほどの力があって、遺跡《ルイン》を封鎖した……！　より強い力が欲しくねえのか！　いや、世界を支配下にだっておけるはずだ！　なのに――」

「はぁ……。わざわざ欲に駆られて攻め入ってきたくせに調査不足ですね。兄さんのことを何も知らないんですか？」

誰よりも早く、ノクトの纏う《エクス・ドレイク》の肩に乗ったアイリが、嘆息とともにそう告げる。

「まったくだ。現に君という自惚《うぬぼ》れて失敗した事例を出しながらよく言うよ」

さわやかに微笑みながら、シャリスも肩を竦《すく》める。

「それはね、ルクっちがそういう人だから——それで王様に選ばれたからだよ。みんなを納得させてね」

「Yes. ルクスさんが——いえ、陛下《へいか》がそういう方だというだけの話です。多少、女の子には甘いですが」

「多少ってレベルじゃないけれどね。私たち全員が証人よ」

ノクトの呟きに、クルルシファーが即座に突っ込む。

それを聞いたルクスは、今日初めて焦りの表情を浮かべた。

「な、なんか話が変な方向にいってない⁉　僕が裁かれる立場なの⁉」

「兄さんの自業自得《じごうじとく》では？」

「Yes. 間違いありません」

ジト目のアイリとノクトのコンビに、すかさず突っ込まれる。

こうなってしまっては、国王としても機竜使い《ドラグナイト》としても形無しだ。

「おーい。ルクスくーん」

「やっほー、少年」

「あ、二人とも、久しぶり――」

そのとき、上空から機竜を纏ったエーリルが手を振り、ソフィスも無表情で挨拶をしてくる。

話がそれて幸いとばかりにルクスも手を挙げ、笑顔を返した。

「やれやれ……。でも、兄さんにしては、今のところうまくまとめてるんじゃないでしょうか。これだけの面倒な人たちと――救ったこの国を」

エーリルと合流した一同は、このまま帰って賊を引き渡し、遺跡《ルイン》の活動状況について話し合うことになっている。

その後は――きっと皆がルクスを取り合いつつも、仲良くやるのだろう。

皆で助け合い。わかり合い。

少しずつ、前に進んでいくのだろう。

「じゃあ、そろそろ城塞都市《クロスフィード》の学園に戻りましょうか？　リーシャ様」

ひとしきり再会を喜び合ったあと、ルクスは王妃《おうひ》たる少女に声をかける。

かつてルクスが仕《つか》えていた姫は、とびきりの笑顔で王に応えた。

「ああ、わたしたちみんなで始めよう、新王国の夜明けを」

あとがき

世の中に商業作品は星の数ほどあれど、始まりから終わりまで、納得いく物語が書ききれたものはどれだけあるのだろう。


シリーズの終わりが近づく中、そんなことを考えていた明月《あかつき》です。

この七年間にわたる長きシリーズに、最後までお付き合いいただき、ありがとうございました。

書いている者にとっては当たり前の事実ですが、ライトノベルというものは、ひとりで作れるものではありません。

どの作品も多かれ少なかれ、シリーズの開始から、それこそ大勢の人たちの共同作業によって作られています。

幸運にもこのシリーズが続き、長くなるにつれ、運が良ければその関わりは増え、広がっていきます。

担当さん、イラストレーターさん、校正さん、デザイナーさん、営業さん、印刷所の方々、本屋の方々、コミカライズの漫画家さんたち、アニメの監督さん、脚本家さん、音響監督さん、声優さん、ゲーム会社さん、台湾のサイン会でお世話になった出版社の方々をはじめ――他にもまだまだ尽きません。

初めは家でひとり、コツコツと書いてきただけの私は、本作で大勢の方々とお仕事をさせていただきました。

ですが、そんな仕事にもいつしか終わりがきます。

様々な事情から、交代したり、お別れの時がきたりします。

シリーズ最終巻の、このあとがきをどうまとめようかと考えたとき、ふと思ったのです。

約七年間。この作品に最初から最後まで関わったのは、他でもない私自身と、デビュー当時に買った十年も使っているノートパソコンだけではないのかと。

たった二人しか、このシリーズの全てに関わった制作者はもう残っていないのかと。

ガラにもなく寂《さび》しくなってしまう有様です。

ですがそれは、すぐに間違いだと気づきました。

途中ですが、いったん話を中断して、前々から続けてきたキャラの雑感です。

残るはリーシャ、クルルシファー、そして三和音《トライアド》です。

まずクルルシファーから！

たぶんアニメも含めると一番人気というか、厳密に統計を取ったわけではないですが、そんな気がしているキャラです。

実は彼女は、あんまり深い計算で作られたキャラではありません。もともとクールなキャラは好きなんですが、そういう少女が感情や恋心を露《あら》わにする瞬間が見たいので、二巻ではあなりました。メディアミックスでも、例のシーンはピックアップされていてお気に入りです。

リーシャ様！

ヒロインが大量に出てくる物語においては、メインヒロインというのは一番難易度が高いポジションだと個人的には思っています。王女はいいとして、何故《なぜ》彼女がメカニックという属性になったのか。

ぶっちゃけてしまうと、企画の段階で、登場するヒロインが多過ぎたからです。

説明が足りないでしょうから言い直すと、本作ではヒロインの性格やストーリーの立ち位置だけでなく、『作品の役割』を課す必要があったのです。

本作はもともと多数ヒロイン物というコンセプトがあり、企画段階ではいなかった幼馴染《おさななじ》みと妹も当時の担当さんから増やせと言われたので、メカバトルもので必須《ひっす》の『メカニック枠』というの役職の人物をわざわざ作りたくなかったんですね。

解説役であるアイリの例なんかが顕著《けんちょ》ですが、そういう役割を持たせないと、尺が足りなくて、それぞれのキャラの描写が薄まり、この物語は破綻《はたん》してしまいます。

なので、という言わば苦肉《くにく》の策《さく》だったのですが、最後までルクスに寄り添うサポート役としても、個人的にはよかったんじゃないかなと思っています。

そして三和音《トライアド》ですが、この三人は必要に迫られて生み出されたキャラたちです。

神装機竜《しんそうきりゅう》ばかり使われては、普通の機竜《ドラグライト》との違いがわからないですし、モブ生徒たちが全員名無しというのも違和感があったので、彼女たちは『普通の生徒枠の象徴』として必要でした。

が、話が進むにつれて個性が強くなり、どんどん好きになりました。

やっぱり、どのヒロインも最高に気に入っています。全員大好きです。

最後に、この長い最後の仕事に携わってくださいました、担当さんとイラストレーターの村上ゆいち様。

そして七年間、あるいは七年分という長丁場《ながちょうば》。

私とノートパソコン以外に、この時間を共有してくださった読者の皆様に、心からお礼を申し上げます。

またいつかどこかで、出会えることを祈っています。

二〇二〇年四月某日　明月千里《せんり》

**ファンレター、作品の
ご感想をお待ちしています**

〈あて先〉

〒106－0032
東京都港区六本木2－4－5
SBクリエイティブ（株）
GA文庫編集部 気付

「明月千里先生」係
「村上ゆいち先生」係

**本書に関するご意見・ご感想は
右のQRコードよりお寄せください。**

※アクセスの際に発生する通信費等はご負担ください。

https://ga.sbcr.jp/

最弱《さいじゃく》 無敗《むはい》の神装機竜《バハムート》 20

発　行　　2020年8月31日　初版第一刷発行

著　者　　明月千里

発行人　　小川 淳

発行所　　SBクリエイティブ株式会社

〒106−0032

東京都港区六本木2−4−5

電話　03−5549−1201

03−5549−1167（編集）

装　丁　　AFTERGLOW

印刷・製本　中央精版印刷株式会社

ISBN978-4-8156-0630-5

Printed in Japan　　GA文庫